餐芳记

一部厨中花间集

山东文艺出版社

蓝紫青灰 ——

著

闲花乱落一钵香

穆如风

人真是奇怪，什么都吃。

天上飞过去的，须考虑清蒸还是红烧；地上吓跑掉的，但能追到手，必然搭架子烧烤；水里的，管他什么，一律水煮！蔬菜水果之类，看着就舒心，通通吃掉。

汪曾祺老先生说过，人什么都要尝试吃一下。因此，坚定我们的内心，花花草草也吃得。

之前，我只知道花在枝头是好看的，偶有可以摘下来泡水的，如菊花、蜡梅，香得沁脾。直至读到这本书，方觉世事万千，一双眼睛哪里看得够？

对于吃花，我并没有现实的经验，那就说一说那些日日做"庄周之梦"的古人们吧。他们从不矫情，吃便吃，吃出爽快，吃出新奇，吃出格调，吃出野趣，吃出天人合一。这厢"吾与白鸥盟"，下一秒"盟友"或许就佐了酒。但是，美食当前，谁忍得住？

具馔击红鲜，折花泛新酿。

——宋·周才《游虞山顶维摩院》

玉糁调羹法，松花酿酒方。

——元·黄镇成《和吴诚中感兴六十韵》

这是用来泡酒。集花果酿酒并不少见，菊花酒、青梅酒、桂花酒各有勾人的韵味。昨日才从杨万里老夫子那里学得一句"其香清媚而微酷"，形容的是牡丹花，依我看，用在花之酒上，更加贴切。

然而，仅仅泡酒怎能满足饕餮之心？

椰叶椰花映祠宇，椒浆桂酒蕙肴蒸。

——元·宋褧《南宁彭使君重建东坡载酒堂》

有椒浆、桂酒、蕙草蒸肉，不亦乐乎！

桃花碎片点鲈鲊，紫茸堆盘擘鹧腊。霜余橘颗金弹香，雪底笋芽玉版色。

——宋·杨万里《初三日游翟园》

桃花是自然飘落，还是有心搭配，不得而知。不过这一餐，桃花点缀鱼生，紫茸堆围鹧肉，又有金橘、玉笋，只观颜色，就足以赏心悦目。遥想当时，满座宾客，面带春风，食指大动，何等令人艳羡！

地丁叶嫩和岚采，天蓼芽新入粉煎。

——宋·薛田《成都书事百韵》

吃出野趣，则不能落下野菜野花。山风、烟岚在碧玉般的叶脉和堇紫的花朵之间丝丝流动——将这一捧紫花地丁采来下酒，三万六千个毛孔无一不透发仙气。食野蔬，酌清泉，较之仙人餐落英，漱玉液，也差不到哪里去。

　　葱秧青青葵甲绿，早韭晚菘羹糁熟。充虚解战赖汤饼，芼以萍齑与甘菊。

——宋·黄庭坚《戏赠彦深》

　　黄庭坚是苏门四学士之一，想必自以为得了老苏的真传，所以肆无忌惮地写吃。我曾经见他在书信里认认真真地教人做菜，吃的是棕花。这一首看起来似叙家常，颇有心得。只是后二联便无赖起来："几日怜槐已著花，一心咒笋莫成竹。"堂堂学士，成何体统？这种无赖气大抵真是学自老苏。

　　搜罗这许多诗句，再看枝头叶间，花已非花。趁着阳春烟景，不妨吃去！

目录

夏篇

秋篇

冬 篇

春篇

烂煮春风三月初

梅香可嚼

中国人的审美，其实是中国式文人的审美。十年寒窗，科举入仕，买田归乡，造园自娱。那些园子是读书人的终极梦想，有田园乐趣，无案牍劳形。

农人的梦想是有一亩三分地，桑梓传儿孙；文人的梦想是有了这一亩三分地，还要在这地上造园筑山、挖池建楼、藏书读书。"斋居宴坐，玩先天易，对博山炉，纸帐梅花，石鼎茶叶，自奉泊如也。"坐在书斋里，看几页《易经》，案上博山炉里焚着香，床上纸帐里梅花正香，烹一壶清茶独啜——如此清淡的生活，印我淡泊的心志。这是文人对自身境界和身外物最高的追求了。竹篱茅舍固然可以，但有雅致长物更好。

对雅致长物的喜好贯穿文人的一生。文人的审美和情趣又决定匠人的设计和手作。中国古玩里以文房用具品格最高、价钱最贵，不是没有原因的。很多时候，文人直接参与建筑和日常用品的设计。苏州拙政园精巧雅致，名闻天下，明四家之一的文徵明就曾直接参与其设计。李渔嫌冬天读书冷，发明了"暖椅"。沈复说乡居院旷，夏日逼人，妻子芸娘就做"活花屏"以蔽烈日。

这些文人化的审美情趣，自宋时勃兴，到明清已成定式。清雅至尊，淡泊为上；静思敛精，默坐养神；焚柏子香，对寒梅花，

梅花

品清苦茶。

宋人的雅致世界里，横空挑出一枝梅花来。宋以前也有咏梅之作，《全唐诗》有咏梅诗百首左右，至《全宋词》，题为"梅词"者达八百余首。宋人也爱牡丹，但他们更爱梅花的傲骨冰心、卓尔不群，恰是自身之化身。陆游曾曰："何方可化身千亿，一树梅花一放翁。"雪野溪桥，对一株老梅，嗅天地清气，浇胸中块垒。

宋人林洪《山家清供》记有"纸帐梅花"：在纸帐内的四根黑漆柱上各挂一只锡瓶，瓶中插上新折的梅枝。一年之中，梅花季如此短暂，宋人却独独摆设了梅花纸帐，而没有什么梨花纸帐、海棠纸帐、荷花纸帐、菊花纸帐，何等厚此薄彼啊。那香气为纸帐笼收，氤氲一室，真可谓"朦朦一枕梅花梦，犹在寒窗纸帐间"。《红楼梦》里秋吟菊花诗，湘云有《对菊》诗云："萧疏篱畔科头坐，清冷香中抱膝吟。"李纨笑曰："你的'科头坐''抱膝吟'，竟一时也不能别开，菊花有知，也必腻烦了。"若梅花有知，见世人日也对梅，夜也对梅，床边插梅，纸帐画梅，想必也是腻烦得很了。

岂止书案供梅、纸帐悬梅，起居之外，宋人连饮食也不放过梅花呢。《山家清供》记载有"蜜渍梅花"法：白梅肉少许切粒，浸在雪水中，加梅花同浸过夜；取出梅花，加蜜拌匀。白梅肉就是盐腌的梅子，酸而咸，取少许切碎浸在融化的雪水中，把咸酸味道泡出来，以此泡梅花。并且白梅水有固色的作用，用来泡梅花，还可以让宫粉梅的粉色、朱砂梅的红色得以保留，又有色又有味。宋人融清雅入日常，可见一斑。

若嫌此法略烦琐，腌梅不好找，可试一下《山家清供》里另一道梅花馔：梅粥。

梅花　选自《梅园百花画谱》

　　扫落梅英净洗，用雪水煮白粥，候熟，入英同煮。

　　梅粥之法实在简便，梅花开时便可一试。上海天暖，没有积雪可以扫来烹粥，但梅花极多，拣新开梅蕊三五朵，便可点一盏香粥。粥米有稻香，梅蕊有清香，两般清素，相得益彰。

　　宋人嗜梅，在吃食上也费尽心思。《山家清供》一书中还记载了"不寒齑"的做法：大白菜叶切碎，加姜、花椒、茴香、莳萝同煮，待八分熟时，加咸菜汤一杯，使菜入味；末加梅花一把。——吃得真是风雅，把咸菜也做得风流清奇。

　　"不寒齑"也许是林洪自创，书中还记载了"梅花汤饼"的做法，是他的朋友发明的。以泡腌梅和檀香末的水和面，擀馄饨皮般薄面饼，用五出花瓣形的模子錾取小饼，呈梅花形；煮梅花小饼至熟，捞出置于鸡汤内；一碗之内，有二百余朵梅花，可知模子极精致玲珑。

看至此，何等眼熟，这和《红楼梦》中宝玉挨打后想吃的荷叶莲蓬汤何等相似。贾府的银模子，一尺多长，一寸见方，上面錾着豆子大小的菊花、梅花、莲蓬、菱角等，共有三四十样，打得十分精巧。豆子大小，比酒酿小圆子汤里的小圆子还要小一些，一碗不得有百十来朵？

宋之后，梅花入馔之风仍盛。明高濂《遵生八笺》中有"暗香汤"。梅花将开时，清早摘取半开的花朵，连蒂置于瓷瓶内；每一两重的花朵，撒上一两的炒盐；以数层厚纸密封，置于背阴处；次年春夏开瓶取出，先在碗盏内放少许蜜，再放梅花两三朵，滚汤一泡，花头自开，美丽可爱，当茶饮用又浓香馥郁。

此法与后文写到的"盐渍樱花"做法全然一样，不知是东瀛人学自明人，还是不谋而合。饮法也雷同：滚水冲泡，看花开在盏底。

春煎玉兰

世无玉树，幸有琼花。玉树、琼花向来并称。中国人喜欢玉，以玉比德，以玉喻花。

传说隋扬州蕃釐观有一棵琼花树，是神仙种的，这个神仙的名字就叫蕃釐。有一回蕃釐和人谈起天上的花木之美，说花瓣都是玉做的，香气就能治病。世上的人多是愚钝之辈，有眼不识金镶玉，当然不相信。蕃釐就从怀里取出白玉一块，种在地上，须臾之间，长起一树，有花无叶，满枝白花，如琼似玉，便取名叫琼花。这个道观也因此被称作蕃釐观。

这琼花花如白雪，蕊瓣团团，芬芳馥郁，世所罕见。隋炀帝幸江都，听说蕃釐观的琼花开了，带了人过去欣赏。正喝酒赏花，忽然来了一阵大风，把一树琼花都打落在地。炀帝气得要命，让人把这棵天上地下只有一株的玉树齐根砍了，就此失传。

这事当然是后人编的，蕃釐观原名后土观，是宋朝时改的名。"蕃釐"这两字看着古怪，意思却简单，就是洪福。蕃是多，釐是福。蕃釐观的那株玉树琼花早就没了，后人用忍冬科荚蒾属的聚八仙代替琼花。现在扬州琼花观里种的便是聚八仙。《中国植物志》中，聚八仙的正式名正是琼花。

但真要说什么花像传说中的琼花，聚八仙的花是美丽的，但

玉兰

玉兰　选自《梅园百花画谱》

一来花开有叶，二来花开不香，诚为憾事。这时幸有木兰出山，千干万蕊，不叶而花，可当"玉树"之名。五代的欧阳炯写过一首《木兰花》："今年却忆去年春，同在木兰花下醉。日照玉楼花似锦，楼上醉和春色寝。"从那以后，木兰花便被叫作玉堂春。大约到了唐宋以后，干脆就改名了，《群芳谱》里讲它花"色白微碧"似玉，"香味似兰"，所以叫玉兰。

　　玉兰美啊。春花之美，始于玉兰。有一首日本歌曲我很喜欢，名字叫作《北国之春》："亭亭白桦，悠悠碧空，微微南来风。木兰花开山岗上，北国的春天啊，北国的春天已来临。"写歌词的人是观察过自然原野的，他真真切切感受到了早春之美。南风一吹，木兰花开，那碧空映衬下的一树白花，美得让人心悸。这时候，别的花都还早呢。

二月最早开的春花，是望春玉兰。"望春"，顾名思义，先春而花。其后，白玉兰呼啦啦接天连地开遍，得一日阳春，展一树琼蕊。白如玉，洁如雪，明如灯，皎如月；端正如茶盏，盛开如羽觞。可惜只消一夜雨，便花败如山倒，狼藉风雨：白瓣见锈，香消韵散；玉杯倾侧，羽觞覆地；半残枝头，半埋泥淖……

惜花未必要学黛玉葬花。玉兰花可食，古书中常见玉兰食谱。古人们常常把玉兰花瓣择洗净，裹上调好的面糊，入油锅略炸，或者将花瓣用蜜浸。明王世贞在《弇山园记》中说他家有座楼，左右各植了玉兰五株，花开时交映如雪山琼岛。他说"采而入煎，啖之芳脆激齿"，真不浪费。

只有袁枚在《随园食单》中恨恨道，《遵生八笺》之秋藤饼，李笠翁（李渔）之玉兰糕，都是违背物性而为，是矫揉造作。

我检索良久，发现李渔《闲情偶寄》中不曾记载玉兰糕，恐是袁枚记忆有误。玉兰糕之方，倒是被我查到一个：鸡蛋、面粉、糖和匀，少添酵母，于蒸屉内一层面粉、一层玉兰花瓣丝，顶上再覆盖一层面粉，蒸一刻钟至熟，取出放凉切块。滋味呢？据说芬芳绵软，为春饼第一。

举凡花瓣肥厚者，多可面拖油煎。此法一脉相承，直至清宫禁中。清末女官裕德龄离开紫禁城后，撰书谋生，多记宫中游宴食事，玉兰花自在其中。约莫清明节前后，那些高大的玉兰花开得旺盛的时候，太后命人把它们采下来，浸在用鸡蛋调和的面粉里，分为甜咸两种，加些鸡汤或精糖一片片地放在油锅里炸透，做成一种极适口的小食。香甜清脆的玉兰片，宫中当作消闲小食来吃，听来与薯片相似。

　　油炸玉兰片，从明吃到清，又吃到今，已无新鲜感，不如来个"玉兰花蒸肉丸"吧：肉糜加姜末加调味品搅匀，玉兰花瓣浸淡盐水洗净切丝拌入，团丸，蒸熟取出；撒少许花瓣丝点缀其上，原汤加热淋上。

　　以玉兰花之清雅辟肉丸之厚重，有春之色，兼春之味。

松至三月华

　　我老家溧阳乡下，有一座山叫南山，山上长了很多竹子和松树。每到春天二三月，笋农纷纷进山挖笋。我母亲有个表哥，家就在南山，秋冬打猎，早春挖笋，半猎户半农家。她小时候到南山表哥家里去玩，常见他家的厨房屋顶上挂着雉鸡和獐子等野味。獐子肉是否美味她不记得了，但雉鸡那美丽的羽毛给她的印象极深。

　　山居饮食，以山里出产为主。腌鹅炖竹笋之鲜美自不必说，她还吃过一种甜点，几十年后回忆起来，依然怀念不已。那时刚入农历二月，半个月前为元宵节准备的水磨糯米粉尚未吃完，但已经有些泛酸，表面还长了一层红色的霉菌。舅母把那一层红皮剥去，蒸熟，放凉，包进拌了猪油的芝麻花生馅，做成冷吃的团子，表哥进山采野菌时好带在身上。因我母亲不爱吃油腻的食物，加之猪油芝麻馅冷了之后更显得腻，她又在冷团子外面裹了一层金黄的粉末。

　　我母亲不吃油腻的食物，是亲戚们都知道的。有一次，表哥带了他的新娘子去溧阳城里看姑姑——也就是我外祖母。吃过晚饭带了新娘子和小表妹去看戏。看完戏已经是夜里九点多了，表哥想讨新娘子高兴，便说请她们去溧阳城里一家有名的苏式面店吃夜宵。

苏式面面条筋道有嚼头，汤分白汤和红汤，白汤是白汤荤油，红汤是用黄鳝骨头、清水螺蛳、青鱼鳞片、肉骨头等文火熬制而成。还有各种浇头：虾仁、爆鱼、鳝丝、肚片等。讲究的是虾仁白肚配白汤，爆鱼鳝丝配红汤。

表哥点了三碗面，给我母亲的那碗是虾仁面，表嫂那碗是鳝丝面，他自己的是肚片面。面端上来，放在我母亲面前的那碗面是乳白色的，乳白色的汤底里是一丝不乱的淡黄色的面条，上面铺了一层刚炒出来的白嫩嫩的河虾仁。那虾仁是用猪油炒的，散发着刚出热锅的猪油特有的香气，白汤荤油，脂油被滚热的汤一逼，油荤的浓香气更是扑鼻。

我母亲一闻，就推开面碗，说："胖猪肉，我不吃。"胖猪肉就是肥肉。表嫂就笑说："小没见识的，这是炒虾仁。"

跟着表哥采了半篮子野菌子，饿了，我母亲取出这金黄色的团子来，一口咬下，齿间舌上顿时被一种甜滑的感觉包裹，觉得从来没吃过这么好吃的冷团子。她问表哥，这金黄色的是什么。表哥说，是松黄。随手敲敲身边一棵树。那树梢的小枝间长着寸半长的淡黄色枝条，一敲之下，短枝条里飘出一股淡淡的烟雾。表哥说："就是这个，松枝的花粉。"

"这个可以吃？还这么好吃？"我母亲惊讶了，她以前没吃过这种做法的团子。

表哥说："是啊，再等几天，就可以收松黄了。"又说，有一回，有个喜欢大惊小怪的人跑进村说山里起火了，有烟冒出来了，村人忙忙跑进山里一看，原来是这天的风大，吹得松黄随风飘荡，远望如烟如雾。

过了几天，气温上升，天气渐热。我母亲住在山里，亲眼得见在松花粉飞满天的时候，山下溪沟里的水面上漂着一层淡黄色的花粉。花粉一物，含油脂颇高，漂于溪面，遇水不沉，引得溪里的小鱼浮上水面，唼喋花粉，击破水面，涟漪荡远，水面泛出黄色的波光。

在天气晴好、微风轻送的季节，松树开花的那几天，远远看上去，松林中像是升腾起一阵阵淡黄色的烟雾。表哥一家住在山里，竹林出笋，松林出粉，春天是个忙碌的季节。而收集松花粉不过是随手为之，得闲收来藏至年下，自家人食用，并不大规模采收。我母亲那时候并不知道，就跟苏式面馆里那一碗虾仁面需要用到的虾仁一样，松花粉也是可以产业化的。苏式糕团里就有松花饼一物，做法和舅母做的松黄团子差不多。

采收松花粉这种半劳作半游戏的活动，存在地域比较固定，一是松树的高出产区东北，一是对糯米制品有着特别喜好的江浙，苏州的点心、宁波的团子都是松花粉的消耗大户。这两个地方的人一直有食用松花粉的传统。这传统可以一直追溯到宋朝，也许更早。

南宋的美食家林洪先生在《山家清供》里记载有松黄饼：取松花粉、蜜和匀，用模具压为饼，香味清甘。

明朝人也是吃松花饼的，王象晋《群芳谱》里曾有提及，说取松花粉和砂糖做饼，甚清香。一样食物流不流行，可以在文字记载中得到验证。明末人写的《金瓶梅》，虽说写的是北宋年间的故事，但反映的是明朝人的生活。第三十九回写西门庆玉皇庙打醮，李桂姐、吴银姐打发人送来茶点，里面就有松花饼。如今，松花团子、双酿团仍然是市售的传统点心，为人们所喜爱。

在热播的纪录片《舌尖上的中国》第二集"主食的故事"里，

14

松花

漼漼記得深山裏落盡松花荷亂曉

清　马元驭　绘

宁波的顾阿婆在做年糕，年糕做完后继续做团子，团子做好，撒上一层金黄的松花粉，这才算大功告成。松花粉在这里起到的作用是增香、丰富味觉层次、方便拿取，还有装饰，不然白乎乎一团米，引不起多少食欲。这一层松花粉一撒，马上提高了档次，不管是从口感上还是视觉上；团子从家常小吃变成了可以摆盘如艺术品的点心。年糕上那一朵小红点子花也是这样，它对一碗年糕汤来说不会有什么口感上的丰富作用，但在视觉上，却有画龙点睛之感：暗含丰收的喜悦和对食物的热爱，还有对自己手艺的肯定和欣赏，和对未来生活的期盼，相信这样的日子会年糕年糕年年高，一天更比一天好。

松花粉这个东西，在点心上用得比较多，别的地方像是用不上。上海有名的地方小吃"双酿团"——就是一个糯米团子里有两种馅心，多半是红豆沙和黑洋酥（黑芝麻碾碎拌白糖）——上面就要撒薄薄的一层松花粉，当然也有用黄豆粉的。糯米面做冷食的团子，总是难免拿了之后沾一手的麻烦，用黄豆粉或松花粉裹在外面，就避免了这个问题。并且黄豆粉、松花粉香，黑洋酥、红豆沙甜，相互补充，各显所长，让一团糯米粉的糯软口感发挥到极致。

采集松花粉很简单，采下油松或马尾松的雄花花球，放在干净的容器上，太阳下曝晒，花球裂开，花粉爆出，收集起来即可。做这个不用花多少工夫，也没什么额外付出。在松树开花的时候，挑个阳光明媚的下午，去山上游玩，顺便采一袋子回家就可以了。不管是过去的农业社会还是现在，都可以轻松完成。对从前的劳动人民来说，是半天的放松；对现代都市人来说，就是星期天下午的休闲。

当然还有更简单直接的方法，明朝杨循吉的《居山杂志》里提到过他是怎么采松花粉的："松至三月华，以杖扣其枝，则纷纷坠落。"用杖一敲，松花粉坠，就可囊负而归了。

古人相信与松树有关的物品会保留住松树常青的秘密，于是松香、琥珀、松花、茯苓等等都被认为是延年益寿的滋补佳品。松花由于是松树的花粉，更被视为仙家之物。老饕苏东坡是个吃松花粉的好手，他说："一斤松花不可少，八两蒲黄切莫炒。槐花杏花各五钱，两斤白蜜一起捣。吃也好，浴也好，红白容颜直

16

到老。"要想长生不老，吃松花粉最好。他还说："崎岖拾松黄，欲救齿发弊。"人老了，牙齿要掉头发变疏，怎么办好呢？只好不畏崎岖山路，去山上拾捡松黄。

明朝谈迁撰《枣林杂俎》，里面有一段文字，说华亭府（旧属上海县，现归松江区）的顾东江先生编了个"江南二十八景"，其中有两景为松花成饼、桂子为浆，说的就是松花饼、桂花酒。其他诸景中与吃有关的是茶笋初肥、枇杷摘金、杨梅献紫、菱芡初尝、莼鲈正美、秫酒始酿、鲥鱼荐鲜、紫蟹满膏、橙黄橘绿。作为一名生长在江南的吃货，我觉得他说的都对。

时见棠梨一树花

履朝霜兮采晨寒，考不明其心兮听谗言，孤恩别离兮摧肺肝。何辜皇天兮遭斯愆，痛殁不同兮恩有偏，谁说顾兮知我冤。

——《履霜操》

这首《履霜操》是一首琴曲歌词，传说作者是伯奇。伯奇的父亲叫尹吉甫，是周宣王的上卿。尹吉甫的工作是收录民间诗歌，他是《诗经》中诗歌的主要采集者。尹吉甫不但收集整理，也自己创作，据说《大雅》中的《崧高》《烝民》《韩奕》《江汉》诸篇都出自尹吉甫的手笔。东晋谢安问侄女谢道蕴，《诗经》中何句最佳，才女答道："吉甫作颂，穆如清风。"这句诗正是赞美尹吉甫的诗歌的。

故事要从伯奇的生母去世讲起。夫人死后，尹吉甫又娶了后妻。新夫人捉了蜜蜂拔去毒刺，系于衣上。伯奇见到，上前去帮忙驱赶。新夫人大喊："伯奇牵我！"尹吉甫大怒，把伯奇赶出了家。伯奇流浪在外，无衣无食，春天的早晨，踩着寒霜，编芰荷为衣，采楟花充饥。他无罪见逐，自伤身世，于是抚琴悲哭。曲终，投河而死。

棠梨

这个故事,在西汉刘向《列女传》中只有几十个字。东汉蔡邕《琴操》讲述这首琴曲的背景故事时,添加了衣芰荷和食樗花两个情节,把悲情加以细节化和具体化。芰荷、樗花的出现让这个故事更加哀婉凄绝起来。

明朝杨慎说伯奇所采的樗花是山梨,也就是棠梨。李时珍在《本草纲目》中考证了一番,相较于杨慎,他的态度则要谨慎得多,说:"未知是否。"

到底是什么原因让蔡邕添加了衣芰荷和食樗花这两个细节?中原大地上那么多花那么多草,哪一样不能采食,偏要采樗花?并且,对植物比较敏感的读者会发现,这两者是矛盾的。不管是芰(菱)还是荷,作为水生植物,二月棠梨树开花的时候,都还没长叶子呢。而到了四月,芰荷的叶子长出来了,棠梨花早就凋谢长成小球果了,而且,天气回暖,清晨的霜也没有了。

也就是说,履霜也好,衣芰荷也好,采棠梨花也好,可能只是一种场景的渲染。

不过,我还是相信杨慎的判断的。杨慎因"大礼议"之争被嘉靖皇帝在一月之内两次廷杖,差点死在杖下,活下来后即被谪戍云南永昌卫长达三十余年,最后死在云南。他的后半生是在云南度过的。作为少年才子、青年状元、壮年谪臣、中年学者、老年宿儒,他的学识非同一般,行踪也从四川到北京再到云南,见识更和一般闭坐书斋和朝堂的大儒不一样,是真正见过广阔天地山川的人。

春天,云南的诸多地区漫山遍野开满了棠梨花,飞雪飘絮一般,将青山染白。棠梨的果子俗称野梨,未熟时苦涩,成熟后变为紫铜色,味酸甜,但小不堪食。当地人习惯在棠梨花刚打苞时就采下来当蔬菜吃，且吃法多多、花样翻新。

刚采下的棠梨花用水煮开，去其涩味，再用清水漂洗一两天，勤换水，去其苦味。这样处理后，才能拿来做菜。做时，有素炒者，有清炒者；有加豆豉炒者，有加韭菜炒者；有用辣酱爆者，有用豆瓣炝者；有炒腊肉者，有炒腌酸菜者；有凉拌者，有做饼者；有炒肉者，有炒蛋者……做好的棠梨花，是像新鲜花椒一样的绿色小珠子，一小串一小串，看不出是花。棠梨花是春天必不可少的一道山野菜，清香爽滑。我相信杨慎在云南一定吃过很多棠梨花。

在大理人民路上的餐馆里点上一盘棠梨花，吩咐厨房加蛋加肉炒一盘。吃的人和卖的人想必不会知道，这其中豆绿色的、绿豆大小的棠梨花，会有这样传奇的故事。

《百年孤独》与香堇菜

> 霍塞·阿卡迪奥把火腿片送到他房里,还给他送去糖渍花,尝一口嘴里就留下春天的清香。
>
> ——加西亚·马尔克斯《百年孤独》

糖渍花是欧洲蛋糕和曲奇饼干上常见的装饰品,和蜜饯甜樱桃、巧克力棒等起差不多的作用,点缀在糕点上,用美貌诱发人的食欲,秀色可餐是也。

家庭手工制作多少能反映制作者的欣赏品味。一朵花总要比一根巧克力棒更多一点自然的风味和情调,又比蜜饯樱桃要显得新奇。因此霍塞·阿卡迪奥给梅梅的私生子奥雷良诺送去的不仅是糖渍花,还有敞开的家门。糖渍花是一种家庭的象征。

做糖渍花最常见的花材是香堇菜,它是堇菜科堇菜属植物。香堇菜的英文名是 Violet,被民国翻译家周瘦鹃译成紫罗兰。周瘦鹃说他"一生低首紫罗兰",即指此花。他主编的文学刊物名《紫罗兰》,苏州的宅子名"紫兰小筑",花园一角种满了香堇菜,只因他的恋人英文名是 Violet。但现在,"紫罗兰"指的是十字花科紫罗兰属的紫罗兰,与香堇菜再无关系。堇菜属中,除了香堇菜,我们最熟悉的当属三色堇,它早已开遍城市绿化带的每一

三色堇　〔比利时〕约瑟夫·雷杜德 绘

个角落。

堇菜属植物有五百余种，主要分布在北半球的温带，遍生欧亚大陆。此属植物大多数可食用，挑春天初生的嫩叶，味道不那么清苦的，和蒲公英、金盏菊的嫩叶一起做沙拉；初开的花糖渍之后装饰糕点。

因此《百年孤独》里布恩地亚家族的香堇菜不是拉丁美洲原产，糖渍花属于欧洲人的菜谱，是阿玛兰塔·乌苏拉托人从火车上捎来整箱整箱冰镇的鱼鲜海产、罐头肉和糖渍水果中的一部分，这些是她唯一能吃的东西。她没有奥雷良诺那样四海为家的肝脏和胃，没法吃美洲土著风味十足的食物。一个玻璃珠代表的是欧洲的先进文化和工业化，糖渍香堇菜代表的则是欧洲食谱，虽然那渍花的蔗糖很有可能来自本地。

用香堇菜做糖渍花，一是花形讨巧，花朵扁平、纤薄；二是花瓣里的含水量少；三是大小正好；四是颜色鲜艳。其中第一、二条尤其重要，这涉及糖渍花的制作方法。

说起来，制作糖渍花实在简单。把花朵清洗一下，洗去浮尘和虫蚁、泥浆，用纸巾吸干水分；一个鸡蛋清加少许糖打发，用小软刷子把蛋清糊刷在花瓣上，撒上细砂糖，放在通风的地方阴干。这个过程很费时间，夏秋季节天干物燥的时候需要十二个小时以上；冬春时候空气潮湿，需要的时间则更长。

阴干后的糖渍花保持鲜艳的颜色，这很难得，很多花朵和水果在加工后都会丢失一部分原来的色彩。糖渍花的干燥是一个费时的工作，不能放进烤箱烘烤，也不能放微波炉里迅速脱水，这些方法都会让花朵娇艳的花瓣失色。因此花瓣本身含水量少是一个很重要的前提，像玫瑰花这种花瓣肥厚的花朵，就不适宜做糖

董菜

渍花。

　　做好的糖渍花可以放在玻璃瓶里，置于避光阴凉的地方，保存很长时间。什么时候需要用，就取几朵出来。用糖渍花做蛋糕装饰比用奶油裱花更时尚更自然。奶油裱花是西饼屋蛋糕房的出品，糖渍花是女主人的心意。

　　董菜属植物遍生欧亚大陆，古代中国人一直把它们作为蔬菜来吃，《晋书》里就有一则"刘殷祝董"的故事。一年冬天，刘殷的曾祖母忽然想吃董菜，没有董菜就吃不下饭。但冬天大地封冻，董菜还没长出来呢。刘殷这年九岁了，很懂事，体谅曾祖母想吃董菜而不得的心情，在荒野中大哭。他的眼泪融化了冰，地里长出了一丛碧绿的董菜。奇怪的是，那地里的董菜采了还生，像韭菜一样割了一茬又一茬，直到大地回春，山泽里到处都长出了堇菜才消失。

堇菜种类繁多，光中国就有一百余种，那真是数不胜数、辨无可辨。常见的有鸡腿堇菜、香堇菜、灰堇菜、三色堇、紫花地丁、白花地丁等等。看到"地丁"二字，是不是感到堇菜变得亲切起来？

春天，紫花地丁开满林下、田野，挖几株就可以种一盆，从春初一直开到春末，明亮的堇紫色很是可爱。紫花地丁可以连花带嫩叶一起吃。宋代经济学家薛田（他对最早的纸币"交子"的官方发行做出过贡献）做过益州转运使，作《成都书事百韵》，其中有两句"地丁叶嫩和岚采，天蓼芽新入粉煎"，说采地丁要趁雾未散，天蓼嫩芽可做饼。

堇菜中被公认味道比较好的是鸡腿堇菜和早开堇菜，吃法是传统的中国菜做法：切碎了熬粥是一法，和上面粉烙饼又是一法；生煸很是清爽，凉拌自然不俗；至于蒸菜团子，就更似忆苦食品了。总的来说，中国古人都比较清贫，吃得清淡，食得苦，像欧洲人那样摘下花来用糖渍，点缀一下本来就好吃得不得了的蛋糕，是想都不曾想过的。这样的做法顶不得饥疗不得寒，刘姥姥见了要哭了，这纯粹是败家子作风啊。

三色堇的花瓣有大有小，小的四厘米，大的，已经超过十厘米；香堇菜的花瓣要小好多，只有二到四厘米。两者相比，香堇菜要秀气许多，并且带有芳香，更适合做糖渍花的原料。

当一口咬下一角蛋糕，一朵香堇菜花在嘴里裂开，花的香气混合着糖香弥漫在口腔里，是不是可以感受到奥雷良诺的感受：尝一口，嘴里就留下春天的清香。

樱吹雪

中国古代诗词中的"樱花"，常常说的是樱桃花，比如宋朝的赵师侠《采桑子·樱桃花》："梅花谢后樱花绽，浅浅匀红。"

元末明初的宋濂《樱花》诗云："赏樱日本盛于唐，如被牡丹兼海棠。恐是赵昌所难画，春风才起雪吹香。"可见明初时，日本人赏樱之风已被国人知晓了。

中国当然也产樱花，栽培历史有两千年。只不过我们没有像日本那样，种满整个国家。日本为了从二月早春起就有樱花可赏，从中国引种了钟花樱（又名福建山樱花、绯寒樱）、高盆樱（又名云南樱、冬樱）、豆樱等，培育出了许多新品种。如樱桃和钟花樱杂交，有了椿寒樱；钟花樱和大岛樱自然杂交，出现了河津樱和修善寺寒樱。

中国台湾地区也是樱花的主要产区之一。清人叶际唐有《全岛联吟大会开于嘉义书此以祝》诗，末联是："最爱遥山撑阿里，樱花隐隐映吟坛。"日本樱花的一个重要支系"江户彼岸系"就是由江户彼岸、越之彼岸和台湾的雾社樱杂交而来，其园艺品种的代表就是春天开遍日本、像潮水一样涌动的"染井吉野"。

虽然我国古人也曾在樱花树下流连过惆怅过，但到底不像日本民族那样把樱花奉为精神象征。近年来各地赏樱的热情，还是

关山樱

从东瀛传来的。日本最老的一株樱树，有 1800 年之久；至于几百年之老树，随处多有，百十来年之树，比比皆是。至春来开花，一树之花何止上万，开便齐开，谢便齐谢。花随流水名"樱潮"，风过树梢樱吹雪，盛景一时，美不胜收。

作为樱花之国，日本的文化中，樱花的影子无处不在。单讲吃，樱花季里就有樱饼、樱茶等等。清人黄遵宪在《日本国志》中提到，江户人赏樱花时，休憩之所有村人售卖樱花及樱花馔，有樱饭，以樱和饭；有樱饼；有樱茶，点樱为汤，下少许盐，据说可以醒酒；还有樱花枝，游人买来插于帽、裹于袖、系于带，归去时，满城皆花。

书中所记之樱饭、樱饼、樱茶，一百年过去，现在依然有。

樱饼是一种和果子，以伊豆半岛的松崎町所产最为著名。樱花只是装饰，里面是豆沙馅，外面是糯米粉，包裹着和果子的是盐渍过的樱叶。

樱花茶，也叫樱汤，用的乃是盐渍樱花，可久存，因而在没有樱花的季节也能喝到。本书第一篇中提到过"暗香汤"。"暗香汤"用的是半开梅花，不拘什么品种，宫粉梅、绿萼梅都行，撒上盐使其脱水。而日本人试过诸多的樱花品种后，几经选择，最终决定用关山樱。

关山樱是一种晚樱。樱花品种极多，从秋季开花的十月樱，到冬天开花的冬樱，早春开花的早樱、寒樱，春光鼎盛时的"江户彼岸系"，到从仲春开到春阑的晚樱群，可以从十月一直开到第二年的五月。"染井吉野"之后，单瓣樱花谢尽，重瓣樱花开始登场。日本人把重瓣樱花叫"八重樱"，"八重"者，瓣数多也。

日本人用樱花入馔，不像中国人做花馔那样爱炒鸡蛋，也不做成天妇罗面拖油煎，不和馅包饺子，不拌糖做酥皮点心，而是

各种樱花　选自《花谱》

錦櫻

綠蕚室

六八幡櫻

紅晉陰象

御殿山櫻

飛鳥山櫻

淺黃鹽釜

拾櫻

31

学明朝的高濂，用盐来腌渍。

其法倒也不难，可以按"暗香汤"的方法，只需加一个放梅卤的步骤：摘初开关山樱，连花带蒂，放在扁平宽阔的容器内，一层花一层盐，加盖密封，静置三天；三天后打开盖，加梅卤，在花上压重物使花朵平整，又三天后取出，挤去汁水，用绵纸吸干，放在竹帘上阴干或挂于绳上风干；彻底干燥后用厚绵纸包裹，密封放置在阴凉干燥处；待吃时取出两三朵，先用冷水洗去多余盐分，再放在茶盏中，加蜜少许，开水冲泡——但见盏内樱花自开，像在枝头般鲜活可爱。

这里要提一下的是梅卤，日文为"梅酢"，是腌梅时渗出的汁。加梅卤是为了固色和激发花瓣内的芳香物质。清朝顾仲的《养小录》中有"梅卤"：

腌青梅卤汁至妙，凡糖制各果，入汁少许，则果不坏，而色鲜不退。代醋拌蔬，更佳。

梅卤可令腌渍花果色泽鲜艳，所以做玫瑰花酱和盐渍樱花都要用到它。

日本人在白梅酢里加上紫苏汁，变为红色，就是赤梅酢。但加紫苏之法，倒也不是他们自创，我国康熙时期的"梅酱"（见《养小录》）里就用到了：三伏天取极熟梅子捣烂，晒十天，去核去皮，加紫苏拌匀再晒十天，收起备用，吃时加盐或糖。

做好的盐渍樱花，最简单的食用方法是泡一杯樱花茶，即樱汤。樱汤是专为相亲或婚礼准备的。这样重要的场合不用茶，是因为日语里"お茶を濁す"有敷衍搪塞、蒙混过关之意。相亲讲究诚实，婚礼要的是喜庆，不吉利的词都要回避。讨口彩这种做法，各国人民的风俗是相通的。

在不相亲、没有婚礼的寻常日子，取一朵盐渍樱花，漂去多余盐分，再加水冲开，就可以看到一朵樱花在茶碗里慢慢舒展花瓣，一点点盛开。在浓绿的夏季或红醉的秋季抑或黯淡寒冷的冬季，在朴素清淡的茶室里看到樱花开放，是可以感受到生命之美的。

樱花茶香淡味咸，多数人未必会喜欢。广东人在喝"雪碧"或"七喜"时会加盐腌过的柠檬角，称"咸柠七"，用来中和汽水那吓死人的甜，同时补充夏天出汗流失的盐分，口感更加复合。按照这个做法，在"雪碧"里加盐渍樱花，就可以叫"盐樱碧"，一看名字就清凉逼人。

有了盐渍樱花，做樱花饭也很简单，刚煮好的热腾腾米饭上放几朵漂去盐粒的樱花稍焖一下就可以了。盛在碗里，一碗饭一朵樱花，看着就美。用它做西点更是时尚，樱花奶冻又好看又好吃，樱花镜面蛋糕更是让人欣喜。

无弃浓艳

唯有牡丹真国色，花开时节动京城。

——唐·刘禹锡《赏牡丹》

洛阳作为十三朝古都，牡丹之盛甲于海内。每到牡丹花开的时候，四面八方的人都拥去洛阳看牡丹。时至今日，依然如此。天气晴好之时，逢路必堵。有个笑话说：洛阳城里的人开车出城，城外的人开车进城，堵在路口，停车相问。城里人说："去看油菜花。"城外的人说："去看牡丹花。"说完两拨人各自转开脸，肚里默默吐槽说："那有啥看头？"

洛阳牡丹多到洛阳人都不觉得稀罕了，那可真是与武则天大帝有关。

书上说，牡丹仙子高傲不屈，与武后作对被贬到洛阳，由此生根开花、繁衍壮大。实际上，武后是真的喜欢牡丹，特特从外地移植了许多到洛阳。

这事的经过有人记录了下来。舒元舆《牡丹赋》序言中讲了这个过程。武后在家乡太原西河的众香精舍（众香寺）里首次见到牡丹，感叹牡丹花之美丽、特别、罕见，连自家的皇家上苑都没有，命人移植了过去。这是显庆五年（660）的事，高宗和武后正月从洛阳出发，二月到了太原，四月返洛阳。整个春季，两人都在太原逗留。武后祖籍并州太原，父亲武士彟封太原郡公。她回太原等于衣锦还乡，虽然从没在太原居住过。

农历二月到四月，相当于公历三月到五月，惊蛰到立夏，这是一年中最美的季节。此时花开不断，从惊蛰的梅花开到立夏的蔷薇，二十四番花信风风在握。据历史学家考证，那时的气温比现在要高 2～3 摄氏度，黄河流域也像江南般温暖。高宗和武后这对夫妻回娘家，挑了个绝佳的时间。

清明前后，西河众香精舍的牡丹盛开，一定让武后见了欢喜动心。那真是惊艳了时光、温柔了岁月。从那以后，牡丹才在洛阳城中流行开来，上至达官贵人，下至平民百姓，无人不重牡丹。每到牡丹花开时，看牡丹的人堵塞道路。想想唐朝那时候，骑的骑骏马，坐的坐牛车，一旦堵在路上，马矢牛遗，铺满一路，也是够受的。

说清明前后众香精舍牡丹盛开，也是有根据的。"谷雨三朝看牡丹"之说显然不够精确。以上海地区为例，每年清明前后，牡丹必开。就算是小冰河时期的北宋，牡丹也是开在清明和寒食。"前日寒食在绵州，牡丹盛开海棠落"（宋·文同《深渡》），绵州就是今四川绵阳。文先生写这首诗的那年，绵阳天气回暖得快。有一年，上海三月偏冷，寒食时节，海棠才开了三四分呢。

到了明朝，杨慎的《西江月》词里，牡丹依然开在清明时节："寒食清明过了，牡丹芍药开残。"

寒食开牡丹，清明吃鸡蛋。各地都有清明节吃鸡蛋的风俗，以及鸡蛋和某物同煮吃了可以清神明目的传说。江南这边是和荠菜煮，"三月三，荠菜赛牡丹"嘛。从来没有人置疑过为什么小

牡丹 〔奥地利〕弗朗兹·鲍尔 绘

如米粒的荠菜花赛得过斗那么大的牡丹花，后来我看到有南京民谚谓"三月三，荠菜花，赛牡丹。女人不戴无钱用，女人一戴粮满仓"，好像明白了点什么。富贵人家的女眷有牡丹可戴当然戴牡丹，寒门小户的女人，头戴荠菜花一样过节。就像人家的闺女有花戴，无钱人家的女儿，红头绳三尺也喜欢。

听说有的地方用鸡蛋和牡丹同煮，说是可以治头痛头晕。在那些盛产牡丹花的地方，有煮糖水鸡蛋加牡丹花瓣的，也有炒鸡蛋里放牡丹花瓣的。有一朋友在种植药用牡丹的地方生活，管白色牡丹花叫丹皮。出产丹皮的地方，牡丹花就像白菜那样炒了吃。

至于为什么清明节要吃鸡蛋，我想还是和寒食节吃冷食的风俗有关。还有什么比连壳煮的熟鸡蛋更易携带更方便冷食的？寒食既然开牡丹，人们就把鸡蛋和牡丹同煮——本着不浪费的原则。

这个不浪费的原则也是有出处的。五代后蜀时，兵部尚书李昊每年春天都馈赠朋友牡丹花数枝，同时赠送一份兴平酥，叮嘱道："俟花凋谢，即以酥煎食之，无弃浓艳。"这个兵部尚书是个风雅的人，喜好吃牡丹，且为人大方，不单自己吃，还分赠亲友，连花带酥再加食谱一起送，教他们用酥把牡丹花瓣炸了吃，叮嘱说不要浪费了牡丹花。

到了宋朝，本着不浪费的原则，连皇宫里都吃牡丹花。林洪在《山家清供》里记载了一条消息：宋高宗时，吴皇后清俭信佛，好生不杀，基本吃素。在春天每食生菜，必拌入牡丹花瓣，或者把牡丹花瓣面拖油炸。清朝顾仲的《养小录》里也记载有牡丹花瓣的吃法："汤焯可，蜜浸可，肉汁烩亦可。"他的做法又丰富了一些，汤焯，蜜浸，用肉汤煮。

古人吃牡丹，不是用酥煎，就是用肉汤烩，让人感觉牡丹花是敦厚丰腴的风格，近得油脂，裹得甜腻，一点都不寒素，颇有唐朝女子的风韵。

2014 年，央视纪录频道播出了纪录片《牡丹》，让我惊诧的不是这片子里讹谬太多，而是某地一户花农吃牡丹花的豪爽劲头。只见他从自家院子里摘下一朵斗大的白色重瓣牡丹花来，三把两把扯碎了，把花瓣和花蕊分离，清水里漂一漂，开水里烫一烫，捞出来盛在一只大海碗里，放点酱油、醋、盐、辣椒油，拌了就吃，边吃边说："好吃，吃牡丹花就要吃白花。"

一多半的花都是白色的适合入馔，比如白花羊蹄甲、大白花杜鹃，但这样像吃白菜一样吃牡丹，我是第一次见，被深深地震撼了。当时就下定决心，明年牡丹开时一定要搞一朵来吃吃。

好在现在鲜花产业发达，买几朵牡丹不是问题，花卉市场就有鲜切花卖。买来一束插两天，放在案头看着它们盛开，清香扑面而来，艳色照眼生明。眼看将谢，本着李尚书"无弃浓艳"的准则，几下里拆开花瓣和花蕊，清水漂过，开水烫过，冰水镇过，轻轻捧在手里挤干水分，放在一只龙泉窑粉青的葵口碗里，稍稍撒了几粒盐，略微点了几滴橄榄油，拌匀了，尝一口。

真没想到牡丹花这么好吃，微甜、生脆、清香、爽口。我以为凡花都略微带点清苦的味道，谁知牡丹不是。它是清香鲜甜的，肥厚阔大的花瓣水分充盈，口感绵绵实实，一口咬下，确确实实吃到了好东西。

就算是牛嚼牡丹也好，无弃浓艳。

得先春之气的金雀花

　　在云南旅游，可以看到当地人拿各种花做菜吃。餐馆门口放着一盆一盆的清水，各种花泡在水里，有客人来点了，捞出来炒蛋或炒肉。常见的有：黄花菜、棠梨花、苦刺花、金雀花、银雀花、大白花、攀枝花、海菜花、石榴花、核桃花、木槿花、金银花、棕榈花、芭蕉花、玫瑰花、茉莉花、菊花、三七花……游客别说吃，多少人见了这些花都不认识，就算认识，开在树枝上和泡在水里模样也有些不同。

　　多数的花都是时令性很强的，过了这个花季就没了。虽说云南四季如春，有的花一年开到头，但有些花还是只开一季。在过去是开什么花吃什么菜，现在有了冰箱，新鲜的花摘下来，开水里一焯，捞出来沥干水分，放进袋子里，搁冰箱冷冻室，冻成一个冰块，随吃随取。这些花在当季的时候，也需要用淡盐水洗了，开水里焯烫，捞出来浸在清水里，有的还需要换几次水，才能做来吃。这是因为有些花含少量毒素，不这样不足以去除有害物质。

　　一年里开得比较早的花是金雀花。金雀花是俗名，正名是锦鸡儿。锦鸡儿开花，有黄有白，黄的叫金雀花，白色的叫银雀花；还有一种粉色的，比较少见，叫霞雀。顾名思义，这花的形状和一只展翅飞翔的小雀儿颇为相似。它有两片上翻的花瓣，形如旌旗，

金雀花　选自《梅园百花画谱》

称为旗瓣。正是这两片旗瓣，让这朵小小的花像一只飞雀。

　　金雀花的花是黄色的，因此有一个名字叫"娘娘袜"，皇后娘娘嘛，当然穿正黄。看这个名字，就知道这花没开的时候是什么模样了，它就像一只有后跟有袜筒的短袜。吃金雀花就是吃这个时候的花，花没开，像只袜子；花开了，像只飞雀，就不能吃了。

　　金雀花入《本草纲目》，治痘疮。金元时期的地方志《四明志》上说：

　　　　明府幼孙患痘不起发，医用金雀花，询其故，云："此药大能透发痘疮，以其得先春之气，故能解毒攻邪。"

为什么金雀花能治痘疮呢？因为它开花早，"得先春之气"。得先春之气就能发，痘疮也就能发出来，这不纯粹是唯心主义吗？

治不治痘疮且不说，金雀花炒蛋是开花时节的保留菜式。餐馆里为了节省成本，一把金雀花可以炒五个蛋，炒出来硕大一盘，显得店家很大方，吃得又实惠。而寻常家里吃这个，吃的就是花味，一般是半斤花炒两个蛋。这是时令菜，过了花季就没有了。因此，花多蛋少才是土豪吃法。炒这个菜，讲究的做法是不放盐。金雀花有蜜，吃的就是这蜜甜的滋味。当然，也可以用腊肉火腿甚至鲜肉一起爆炒，甚是香甜可口。

古人一直都是吃金雀花的，不过不是炒来吃，而是用来点茶。《本草纲目拾遗·花部》"金雀花"条说："其花盐汤焯过，控干入茶供。"《嘉兴府志》中也说："金雀一名飞来凤，盐浸可以点茶。"一只只小小的金黄橙红的"娘娘袜"，用盐水焯过晒干；新年里或是元宵节的时候，来了客，主人家奉上一碗八宝茶，揭开盖碗，里头除了有檀香橄榄、核桃、花生等干果，还有几只或红或黄的"小袜子"，想想都觉得很萌。

穷人的兰花

我在新浪微博常发些植物图片，时间久了，网友们知道我识得些花儿，便也把他们拍到的花发上微博，让我辨识。每到春天，三月下旬至四月上旬，我在微博上就会不下百十回地敲出"紫荆"这个名字，每回必再啰唆一句："不是香港区花洋紫荆。"要是少加这么一句，评论里必有朋友问："这花和紫荆花不像啊。"那么我就得再回复说："那是洋紫荆。"

欧洲人初见洋紫荆，惊讶于它的美丽，给它取了名字，叫Orchid tree（兰花树），觉得它的花像热带兰花；他们又觉得这"兰花"大街小巷都是，忒不值钱，又管它叫"穷人的兰花"。洋紫荆虽说也是豆科植物，和紫荆花同属云实亚科紫荆族，但它的花实在和紫荆花相差太远，和凤凰木更相像：五瓣张得很开，花瓣有大有小，不对称，带旋转感。

洋紫荆，香港特别行政区区花，又叫红紫荆、红花紫荆。《中国植物志》里介绍洋紫荆说："花芽、嫩叶和幼果可食。"

除了洋紫荆可吃，其变种白花洋紫荆也是可以吃的花。这种在云南的哀牢山以南高黎贡以西被叫作大白花（"大白花"在其他地区常常指白杜鹃）的白花洋紫荆，包括香港的区花、开红花的洋紫荆，其吃法与所有花的吃法类似——炒鸡蛋。鸡蛋真是百

洋紫荆　清　居廉　绘

43

搭的"听用食材"，毫不利己，专门利人。任何花来亲近，鸡蛋都可以俯就，打碎就打碎，搅匀就搅匀，烈火猛攉，铁镬炙烤，霎时间就炒作一盘；并且只增其香，不夺其味，老少咸宜，丰俭随意；其性格是任人搓圆捏扁，都不动气。

除了炒鸡蛋，大白花也有其他吃法。在以吃著称的广府，什么食材都是可以煲汤的。大白花也不例外。家常的做法是排骨蚕豆煲大白花。

在云南，花和菜的界限是很模糊的。摘下的素馨花堆在铺了塑料布的地上，另一头放的是韭菜；攀枝花、苦刺花、棠梨花等等都在水盆里待着，反正是要焯一次水漂几回水的；而大白花却被焯过水后又捏成一个个圆球，每个都有棒球那么大，一团团地堆在地上，看了会惊讶于当地人对花的轻慢。

云南菜场风情，主要就体现在这些待烹的鲜花上：芋头花、黄花菜、芭蕉花、金雀花……大白花杜鹃摘去花蕊和萼片，焯水后反复漂洗，可与火腿、蚕豆等烧汤；芋头花麻烦一些，要去除内部肉穗，撕去花茎表皮，掐段，焯水，然后与茄子、蒜片、老酱同炒，再隔水蒸至软烂，极香。

除了"大白花"，白花洋紫荆也有好听而别致的名字，叫玉荷花。放几粒干辣椒段，和一小把韭菜切段同炒，叫韭菜炒玉荷花，家常得没了脾气。

紫荆花

南朝梁吴均《续齐谐记》记载,京兆(今陕西西安)田真兄弟三人想要分家,田产宅院都分好了,分到堂前一棵紫荆树时犯了难。一个兄弟提议剖成三份,另两个也说好,明天就动斧子。第二天早上一看,昨天还好好的紫荆树,才一夜就已经枯死了。田真见了大哭,说树本一株,听说要分剖就枯掉了,树犹如此,何况人乎?兄弟们也惭愧不已,说不分家了,以后兄弟还是一起过。话一说完,紫荆树应声转绿,田真兄弟从此后相亲相爱、和睦如初。

兄弟友悌,是中国古代一直宣传的美德。由这些美德我又想起著名的"二十四孝"来,那里头好些孝子故事,都和吃有关,比如"哭竹生笋""鹿乳奉亲""卧冰求鲤"……苏州人说不时不食,春天吃樱桃肉,夏天吃荷叶粉蒸肉,秋天吃扣肉,冬天吃酱方。大冬天的何必一定要让孩儿去化开冰冻的河面捉条鱼吃呢?比较起来,"田真哭荆"真的很有正能量了。

春天里有多少豆科植物的花可以吃啊。先不说长得像朵兰花的洋紫荆,光说有着典型豆科蝶形花的金雀花、洋槐花、白刺花、紫藤花,都可以吃。因此,当看到有人说紫荆花可以吃时,我几乎不需要考证,便可以认定这是真的。真正的问题是,怎么吃?

千篇一律的花炒蛋已不能令我满意,需要开发新菜式。这个

45

紫荆　选自《本草图谱》

新菜式是我从一位网友那里听来的。她告诉我说她家吃紫荆花，我赶紧问是紫荆还是洋紫荆。她说，是紫荆，上海这地方，洋紫荆温室才有，外面找不到不是？我说对。她说她家吃紫荆，是和甜酒酿一起煮，就跟煮酒酿蛋一样。我一听大为佩服，说这个方子好，简单易操作，而且肯定好吃，等紫荆开花时一定要煮来一吃。

　　这个方法实在简单：小汤锅里加水煮开，糯米小圆子煮至软熟，舀两勺甜酒酿放进去煮，临出锅加一把紫荆花。紫荆花遇热即褪色，殷紫的花蕾马上变成淡粉色。口感略带爽脆，有些淡淡的香气。当然下锅之前，紫荆花要先摘去花梗，用淡盐水浸泡片刻，去除灰尘和虫蚁。

四月蒸藤萝

　　四月中，正是紫藤开得好的时候。紫色的花穗一串串地从老藤上挂下来，像帘子一样——花做的帘子，带着香气。宋朝王质有诗云："藤花迷，豆花肥。所思兮焉可遗，溪山撩乱将安归。"这句"藤花迷"，说的就是这样的梦幻般的情境。

　　紫藤是水墨的没骨花卉，是宋词的婉约妩媚，是小家碧玉，兼温柔乡回魂散——见棱见角的大屋顶，冰冷坚硬的青砖地，只要在边上种一架紫藤，马上就贴心贴肺了，降龙十八掌成了化骨绵掌，百炼钢成了绕指柔。

　　紫藤之美，美入骨髓，从缠绕的古藤，到初开的花蕾，再到花落后一架碧绿的叶子，都美得不声不响。藤里有韵，花里有风，叶里有空。夏日午后梦醒，架空的藤下放一张竹摇椅，泡一壶清茶，再来一碟藤萝饼，神仙般的日子。

　　北京人写旧时京中吃食，说春天藤萝做饼，要用绵白糖腌一个小时，然后猪板油去筋切丁，和花、糖拌匀，入锅蒸之，便是馅；然后用酥皮包之，烤箱烤之，翻毛月饼是也。

　　藤花做饼馅其实是个古方，明代高濂《遵生八笺》里说，采藤花洗净，盐汤洒拌匀，入甑蒸熟，晒干，即可做馅。这比起拌绵白糖和猪板油的做法来，可说简单之极。高老先生好像很喜欢

紫藤

藤花作馅，虽没说是否拿藤花做了饼，但是包了馄饨。等藤花盛开时，不妨摘些下来，也照着炮制一番，用来包馄饨。

更简单的是蒸麦饭法：藤萝花拣没开的摘下几串，去梗取苞；清水里加少许盐清洗，洗净控干水，撒上面粉和匀；入蒸笼蒸15～20分钟，盛出，吃时拌上绵白糖即可。

按人家的吃法，是用酱油、醋、蒜泥、香油什么的调汁浇上，一拌就得。但我觉得藤萝花离酱油、醋远点，还是和绵白糖比较合拍，就给改了。这玩意儿香甜绵软，吃的时候心满意足，比吃别的要好玩。

五月槐花香

　　只要有心，微博上可以看到时令。有人发一张桃花的照片，宅在家里的人就知道，哦，春天到了；有人做一碗槐花麦饭传上来，吃货们就知道初夏来临了；而在七月，有人又蒸槐花大包子了，起初我还有些奇怪，转念一想，国槐花也可以吃呀。再一翻，从七月到八月，各地的吃货们都在忙着摘槐花、洗槐花，之后包饺子、炒鸡蛋、摊饼子。

　　看来不拘国槐洋槐，只要是槐花，都入得了吃货们的法眼。长久以来，我一直以为国槐花是不好吃的，能吃的都是洋槐花呢。

　　五月槐花香。洋槐开花时，整个城市都有着淡淡的槐花香味，很好闻。洋槐开花一串串，像紫藤的花穗，长可达半尺有余，花朵大，花瓣肥，有香气。干净的没打过农药的洋槐花，摘下来可以生吃，清香微甜，是童年记忆的一部分。

　　而国槐几乎没什么香味，在开花之前还会因有蜜腺招惹来蚜虫。蚜虫的分泌物从花瓣上掉落在地，又会引来蚂蚁。如果用国槐做了行道树，鞋子踩踏，自行车骑过，人行道上黏糊糊一片。有时槐树上还有一种俗名叫"吊死鬼儿"的虫子，拖着长长的线从树枝上挂下，走路时从树下过，不小心就撞在身上，吓人一跳。这真不是什么好的印象。

洋槐 〔法〕杜·芒休 绘

吃洋槐花的历史不会很长。洋槐原产北美，17 世纪传入欧洲及非洲。我国在 18 世纪末才从欧洲引入青岛栽培，遍植全国各地时已是 19 世纪以后了。

在中国古代，国槐春天新生的嫩叶是可以入馔的。简单的做法就是"炸熟水淘过食"（《本草纲目》），因槐叶有苦味，所以需要水焯，再以姜醋油盐拌食。也可以种芽苗菜，类似现在的绿豆芽、黄豆芽、花生芽、豌豆苗、香椿苗。《本草纲目》记载了培植方法："或采槐子种畦中，采苗食之亦良。"这个办法真不错，值得推广。

比较考究的做法是"槐叶冷淘"，《山家清供》里写得详细：夏天采嫩一点的槐叶，开水焯过，研细，过滤一下，用汁来和面。煮好的面捞出来过凉水，配以卤子。想想三伏酷热，炎夏溽暑，人都没啥胃口，这时来一盘碧绿生青的过水凉面，眼睛瞧着就清爽开胃，倒是可以来两碗。

槐叶冷淘是一道传统面食。在古代名人中，杜甫并不以美食家著称，不像苏东坡有"东坡肉"传世。但他有《槐叶冷淘》之诗，分明是一份详尽的菜谱，专待后世观之：

> 青青高槐叶，采掇付中厨。新面来近市，汁滓宛相俱。
> 入鼎资过熟，加餐愁欲无。碧鲜俱照箸，香饭兼苞芦。经齿
> 冷于雪，劝人投此珠。

面对这样一碗手擀面，还愁没胃口吗？你看这碗槐叶冷淘，配上香饭和芦芽，碧绿清鲜，吸溜一口，冰冰凉。

槐叶冷淘从唐一直吃到宋，苏东坡也有诗写到它，诗名挺长，把整个赴宴的过程都写了出来：《二月十九日，携白酒鲈鱼过詹使君，食槐叶冷淘》。他和人吃饭，自带白酒、鲈鱼，詹使君做了槐叶冷淘请他吃："青浮卵碗槐芽饼，红点冰盘藿叶鱼。"古人说的饼就是现在的面条。青绿的面条卧在圆碗里，生切鲈鱼脍，加了藿香叶去腥。"红点"和"冰盘"，都说明做的是生鱼片，鱼肉生切才呈红色，垫冰是为了保鲜和口感。这两人吃得真是考究。

作为苏门弟子，黄庭坚也是吃货，看他和苏老师的来往信札，

国槐　选自《梅园百花画谱》

基本不谈政事，不聊诗文，来来回回都是说最近又吃到什么新鲜好吃的东西。这位吃货级人物曾经提到过槐叶冷淘：

> 烂蒸同州羔，灌以杏酪食之，以匕不以箸；南都拨心面，作槐芽温淘，糁以襄邑抹猪；炊共城香稻，荐以蒸子鹅；吴兴庖人斫松江鲈鲙，继以庐山康王谷水烹曾坑斗品。少焉，解衣仰卧，使人诵东坡赤壁前后赋，亦足以一笑也。
>
> ——明·高濂《遵生八笺》引黄庭坚语

羔羊肉要浇杏酪，别用筷子夹，用汤匙挖着吃；吃槐叶冷淘要用襄邑抹猪做浇头；共城出产的香稻很美味，蒸成米饭，最好配着蒸子鹅吃；松江府的鲈鱼细切为脍，饭饱之后，用"天下第一泉"庐山谷帘泉水烹曾坑斗品茶。吃饱喝足，坦腹而卧，叫童子背东坡先生的前后《赤壁赋》，这真是人生快事啊——不愧是苏东坡的入室弟子，真老饕也。不过最后这句，颇有点拍马屁的嫌疑。

作为豆科的植物，国槐除了槐叶，槐荚也可食。戏曲理论家齐如山先生生长于华北乡村，对乡村农事熟悉之至。他在晚年写出《华北的农村》一书，说，中国多少年来，号称重农之国，但因大家多想做官，自古就没有多少专讲农政之书。这本《华北的农村》从耘田耪地讲到了蔬菜谷物的种类，书中写道：

> 槐果名曰槐连豆，豆荚之肉极黏而极苦，然稍拌糖炒糊，与茶同喝，则去火去毒。果仁之筋，腌食极美，但制此极费事，故食者甚少。

连制作极费事的腌槐连豆果筋都有人做，那么容易采摘的槐花却不吃，可见在民国时期的华北农村，国槐之花是不吃的，它作为黄色染料出现在杂货柜台里。

野韵刺花风

苦滋茶叶雨，野韵刺花风。

——宋·释居简《山行即事》

刺花就是白刺花，因味道略苦，又名苦刺花，豆科槐属植物。春夏之交，苦刺花的花苞肥肥嫩嫩，好吃。

白刺花的花期很长，从三月开到八月。上海地区，洋槐开花的时候，白刺花也开花。而在云南，得天时地利之便，整个春夏都可以采收。建水、弥勒等地已经把苦刺花做成了产业，大量生产，包装速冻出售。大理、丽江等旅游业兴盛的城市，餐馆菜单上都有苦刺花。

除炒鸡蛋之外，苦刺花也常用来清炒。当然，做之前也需要沸水焯过，清水漂过，多至两至三遍，甚至漂两到三天，彻底去除掉花的清苦味，再入锅用油炒。

当地人在清炒时会加些红辣椒，一来增味，二来添色。用豆豉腊肉炒，也是一法，且更入味，下饭一流。此外，这花也可以凉拌了吃。

白刺花是灌木，株形不甚高大，通常 1～2 米，高也不过3～4米。这样的高度，一旦开花，就非常容易摘取。白刺花的花是浅

白刺花

蓝紫色的，很好看。按中医的说法，它清热解毒、利湿消肿、凉血止血。不耐烦琐的话，直接用开水冲泡做成茶饮便可。

潘金莲的一盏玫瑰泼卤茶

清朝林溥在《扬州西山小志》中写道：

> 端午节，人家裹角黍，馅以腊肉。别用素者，则预于四月间制玫瑰花糖，蘸食，颜色鲜明可爱。

林溥，字少紫，江苏甘泉（今扬州）人。他的《扬州西山小志》一书，记述扬州周边丘陵地区的地理、人物、风俗、异闻等。读了这本书，我才知道，在清朝咸丰年间，扬州人吃白米粽子，是要蘸着玫瑰花酱的。

想想端午节前一天的夜里，碧绿的箬竹叶裹好了雪白的糯米，小火煮了一夜。早上起来，熏过白芷、艾草，插了菖蒲，去锅中取一个微温的粽子，剥出晶莹的糯米团来，衬以粽叶，浇以玫瑰酱，香甜馥郁。一口咬下，好似有无数的玫瑰花盛开在舌尖鼻端。这样过端午节，肯定比现在去超市买几只速冻的嘉兴粽子，微波炉里加热了，撒点白糖吃要来得有意思。尤其是那为白米粽子佐味的，是殷红的玫瑰花酱，这让人怎能不为其陶醉？

说起玫瑰，感觉有些洋气，事实上却是中国原产的"土物"。而后世用作食物的玫瑰，却多半是从外番而来——它们是明朝从西亚传入的新品种，较之中国原产的玫瑰花更芳香，可以食用，也可以提纯做成香水；并且连食谱和提纯方法一并输入，渐渐取代了中国原种的玫瑰。

玫瑰两个字都从玉字旁。成书于西汉的蒙童课本《急就篇》里有"璧碧珠玑玫瑰瓮"之句，颜师古注释说："玫瑰，美玉名也。"又说："或曰，珠之尤精者曰玫瑰。" 按他的解释，玫瑰是美玉，珠中尤为精美的也叫玫瑰。

但也有人不这么认为，《天工开物》"珠玉篇"里说宝石：

> 至玫瑰一种，如黄豆、绿豆大者，则红、碧、青、黄数色皆具。宝石有玫瑰，犹珠之有玑也。

他的说法是，宝石里的玫瑰，就好比珍珠里的玑。玑是指不圆的珠，是次等的珠，玫瑰就是次等的宝石。

但石之美者为玉，好看的石头都是玉，硬要分个三六九等来，就不讨喜了。扫兴的话谁喜欢听呢？人家好好的玫瑰宝石，怎么就成次等的了？

"玫瑰"从宝石变成一朵玫瑰花以来，一直深受人们喜爱。唐徐夤说："秾艳尽怜胜彩绘，嘉名谁赠作玫瑰。"李建勋《春词》描写美人儿步下堂阶，绿草盖住了她的绣花鞋，她"折得玫瑰花一朵，凭君簪向凤凰钗"。玫瑰花其实是很难手折的，它的花梗上布满密刺。但也许唐时的玫瑰皮刺没有如今的西亚玫瑰那么多，她才可以手摘一枝，让情郎插在自己的鬓边。从这两首诗可知，至迟在唐朝，"玫瑰"已经成为"可爱的一朵玫瑰花"。

玫瑰花入馔，则要稍迟。唐朝人写玫瑰，还是"杨柳萦桥绿，

玫瑰

玫瑰拂地红"；明朝人写玫瑰，就是"手弄玫瑰花，可知心在紫"
了——这紫玫瑰，就是西亚的玫瑰花了。明人的书中多见玫瑰之名，
这也从另一个方面证实了用于食用的西亚玫瑰当时已在中国普遍
种植并被加以利用。《遵生八笺》中记载有玫瑰花酱的做法：

> 紫者，干可入囊，以糖霜同捣，收藏，谓之玫瑰酱。

小说从来都是世情的百科全书。《金瓶梅》里写西门庆从京
中回家，潘金莲"点了一盏浓浓艳艳芝麻盐笋栗丝瓜仁核桃仁夹
春不老海青拿天鹅木樨玫瑰泼卤六安雀舌芽茶。西门庆刚呷了一
口，美味香甜，满心欣喜"。这一杯名字长得一口气读不完的茶，
仔细看两回，才看明白是一杯六安雀舌芽茶，里面放了芝麻盐炒
的笋丝、栗子、瓜仁、核桃、春不老、海青拿天鹅、木樨和玫瑰
的泼卤。如果没有断错句的话，便是咸的、香的、甜的都有了，
春不老就是雪里蕻，海青拿天鹅则是橄榄加银杏，橄榄青而银杏白，
遂有此名。湖北博物馆有一把明朝梁庄王墓出土的长柄金漏勺，
勺子为杏叶形，錾了镂空皮球花，颇像现在烫火锅时用来捞丸子
的漏勺。这么精致的金漏勺当然不是梁庄王和王妃吃火锅时捞丸
子的，但也差不远，是吃茶时舀茶盏里的果子的。

《红楼梦》第三十四回，宝玉挨了打，要喝酸梅汤。袭人想
酸梅是收敛的东西，此时喝下去怕弄出病来，因此只拿糖腌的玫
瑰卤子和了给他吃。宝玉吃了半碗，又嫌吃絮了，不香甜。王夫
人听说后，忙叫人拿了两瓶香露来，一瓶写着"木樨清露"，另
一瓶写着"玫瑰清露"。

糖腌的玫瑰卤里有花瓣，用来调制饮料，这汤水自然不清爽，

和酸梅汤的顺喉开胃有落差——宝玉这时候要是喝一杯可乐会觉得更加舒服。而王夫人拿出来的"清露"是外边进贡的，上面还贴着鹅黄笺，自然是贵妃从宫中得了赏，又送给了家里。这"清露"用的是蒸馏的方法，得到的花水清香甘甜、汤色清亮，当然与玫瑰卤不同。

虽然玫瑰品种不少，花色却不多，无非红玫瑰、紫玫瑰、白玫瑰三种，再加单瓣和重瓣之别。时至今日，紫玫瑰和红玫瑰仍是食用玫瑰的主要品种，食用、制酱和提取精油多用这两种，很少有人用白玫瑰花做酱。

明王象晋《群芳谱》记载的做玫瑰酱的步骤是：采初开紫玫瑰花，去其花蕊，将花瓣捣成膏，用白梅水浸泡一会儿；再研细，用细布绞去涩汁，加白糖；再研极匀，收贮于瓷器。白梅水就是青梅用盐腌渍后得到的梅汁，其味酸咸。在糖腌之前先用白梅水浸花瓣，是用酸味来中和玫瑰花瓣里的涩味。

中国和欧洲都喜欢用玫瑰花做酱，中国人去涩用梅汁，欧洲人去涩则用柠檬。有一款威尼斯修道院的玫瑰花酱做法很是简便：新鲜玫瑰花瓣漂洗干净，沥干；糖和柠檬汁与花瓣混合，轻轻搅拌揉捏，保持花瓣完整；另取糖加水放锅内置火上加热至溶化，将揉捏好的花瓣加入，煮至糖溶化、花瓣不浮于表面，趁热装瓶即可。

宋苑龙柏和珍珠花

清人戴亨《野茶花》诗云："塞上牧马儿，采叶调酥酪。空有珍珠花，随风开自落。"塞上少茶，南方运来的茶叶贵比黄金。贫寒牧人采下山里珍珠花的叶子，晒干之后就是茶，放入牛羊奶中，煮得酽酽的，冬日御寒。

这种珍珠花现名白鹃梅。白鹃梅有三种，塞上人家采的当是齿叶白鹃梅。白鹃梅是蔷薇科白鹃梅属灌木，枝条长而柔软，花朵大而洁白。花盛开时缀于枝头，如无数的白鸽栖在碧枝翠叶间。再细看，花苞如珍珠，花朵似浅盏，花心一点淡绿；花瓣薄而轻，宛如纱罗剪成；有风吹过，花枝颤动，满树白鸽振翅欲飞。

白鹃梅嫩叶和花俱可食。塞上缺茶，便采叶代茶。南方大别山深处，满山的花儿自开自落。村民上山，把枝梢上半截的嫩花娇蕊新叶初芽一同捋下；回到家，烧开一大锅水，整筐整篮连花带叶丢进去煮，捞出来用清水漂过，凉拌、炒蛋、做汤、拌馅。采得太多一时吃不完，可以晒干保存，吃时再用清水泡开，炖肉烧鱼最佳，晒干的菜须有油脂滋润浸透了才好吃。大别山里的农家管它叫花儿菜、白花菜、珍珠菜。

塞上和中南地区的人根据花苞的特点，管它叫珍珠花；而在中原和秦岭一代，人们采的是叶，唤它龙柏芽。明朝初年朱元璋的儿子周定王朱橚编写了一本《救荒本草》，其中就有龙柏芽，做法是采芽叶焯水，换水浸淘，油盐调食。

"白鹃梅"这个名字不见于历朝典籍，最早现身于1937年陈嵘先生主编的《中国树木分类学》里。那么，这个美丽的名字，可能是植物学家根据它的特点取的。它是蔷薇科的，开着蔷薇科植物标志性的五瓣花，让人联想到梅花。

在北宋，白鹃梅被称作龙柏，花叫龙柏花。

宋真宗咸平三年（1000）二月的最后一天，是晦日，按旧制这天要临水宴乐。是日春风浩荡，百花盛开，皇帝在后苑宴客赏花。皇宫后苑中种有龙柏，赴宴群臣多有题咏。宋祁《真珠龙柏》云："累累云际艳，皎皎月中英。"可见这花又白又有光彩。

白鹃梅开花是四月中下旬，这个时节正是江南煮茧缫丝的时候。在江浙养蚕业发达的地区，白鹃梅远离皇宫朝廷，名字也从充满庙堂气质的龙柏变成了带着乡野气息的茧子花、茧漆花，简称茧花。南宋浙江人喻良能在清明节时，看到道旁满山都是白花，问于樵夫，得知此花叫茧花，写诗道："清明时候雨初足，白花满山明似玉。"

乡间风物近千年没有变过，从南宋到清，江南妇女都爱在发髻上插戴茧子花。清初朱昆田云"自从四月收蚕后，头上惟簪茧子花"，乾嘉时钱塘名士何琪写竹枝词，也有"河头时见浣衣女，椎髻新簪茧子花"之句。

北宋皇宫里的龙柏哪里去了呢？被金人烧了。宋徽宗造艮岳，又收罗天下奇花，种在艮岳之上。艮岳的高处种了一万棵梅树，曰梅岭；旁边稍矮的小丘上种了红杏树和银杏树，曰杏岫；山石缝里种上丁香，曰丁嶂；在一块大赭石上种花椒，曰椒崖；在水

白鹃梅

边缓坡上种了一万株龙柏，曰龙柏坡；在湖中小沙洲上种海棠，曰海棠川。不多久，金兵杀到，一把火尽数烧了："海棠龙柏摧为薪，绛桃垂杨半成杞。"（清·诸锦《宋故宫梅石歌》）

宋人当初管它叫龙柏，我想会不会是因为它的果实？白鹃梅的果实为蒴果，倒圆锥形，有五条隆起的脊，看上去像一节椎骨。如果采上十几个排成一条，像一根龙骨。

十九世纪下半叶，日本明治年间，日本人不知是从中国哪个地方得了几株白鹃梅移植回国。白鹃梅在日本因花朵洁白、风致淡雅而受到喜爱，更为茶人所推崇。日本人常剪下一枝来，插在陶瓶中，供于茶室内，置于茶席上。

它的姿态飘逸出尘，在茶席插花中的地位慢慢超过了春天的椿（山茶）和秋天的萩花（胡枝子）。茶人以茶道大师千利休的名字为它命名，叫它利休梅。它清秀雅洁，朴素安静，符合千利休的美学思想。

日本常见的利休梅图案是一朵与梅花相似的五瓣花，五个小而圆的花瓣远离中间的花心，各有一小段花瓣柄与花心相连，这正是白鹃梅的特征。千利休家族自千利休起，已传了十余代，后代以利休梅为家纹。

在日本，与茶有关的各种器物上，都可以看到利休梅的五瓣花。茶碗、茶炉子的屏风、抹拭茶碗的茶巾、铺设的茶席、茶具的包袱皮、插花的花器、盛物的漆盘等，上面常点缀着小小的五瓣花，那是江南缫丝时的茧子花、北宋皇宫的龙柏花、塞上人家的野茶花、大别山里的珍珠花，那是开遍山野的白鹃梅。

夏篇

夏云如火煮仙砂

玉簪、鹿药和熊葱

　　玉簪原名白萼。花未全开为萼，这种植物以其含苞之姿命名，可见其花苞之美。一旦花瓣全部打开，也不过和百合、萱草一样，开六瓣花，"萼"和"簪"的韵味全失。中国人讲究赏花就要赏苞半含、瓣未放，玉簪恰恰是这样的花，因花苞为管状，修长如簪，便有了这个十分形象的美丽名字。

　　黄庭坚有玉簪诗："宴罢瑶池阿母家，嫩琼飞上紫云车。玉簪堕地无人拾，化作江南第一花。"光是美名，都还不足以说尽它的惹人喜爱，便又说它是仙女醉酒后落入人间的一支发簪。仙家之物，才配得上玉簪的清雅脱俗、卓尔不凡。

　　玉簪花多为白色，但除了白色的，还有紫色的。白玉簪自是雪白如玉，清雅绝俗；紫玉簪则花瓣淡紫，清新堪玩。还有一种紫萼，同为百合科玉簪属，颜色较紫玉簪深，花形也略有不同：紫萼花形如铃铛，而玉簪则是喇叭形。

　　玉簪花可食。明高濂《遵生八笺·饮馔服食笺》中说，采半开的玉簪花，分作两片或四片，拖面煎食；又说若在面糊里加少许盐、白糖，味道甚是香美。如今我们在家做蛋糕，百十来克的砂糖之外，配方表里也会有 5 克的盐。在甜食里加少许盐，可以起到提味的作用，古人早就明白这个道理了。只是玉簪花的做法

玉簪　〔比利时〕约瑟夫·雷杜德　绘

一如既往地单一：面拖油煎。

唐鲁孙在随笔集《酸甜苦辣咸》中讲过吃玉簪花的细节：玉簪花剖开洗净去蕊，面粉稀释搅入去皮碎核桃仁；把玉簪花在面浆里一蘸，放进油锅里炸成金黄色；另外把豆腐渣用大火滚油翻炒，加入火腿屑起锅，跟炸好的玉簪花同吃。这道菜不能加盐，完全利用火腿屑的鲜咸，衬托出玉簪花的香柔味永。

同样是面拖油煎，他又加了新花样：面糊里加核桃碎，吃时搭配加了火腿屑的豆腐渣。核桃碎取香，火腿屑取咸鲜。玉簪在这里面，起到的作用极小，且做法好不繁复。况且豆腐渣何等干涩，窃以为不如换成面包糠。

写到这里，我不免要感叹那位唐朝仁兄说的"无弃浓艳"。花开堪折直须折，莫待无花空折枝。开谢了的花何等让人沮丧，不如在将谢之前吃了吧。

日本人吃玉簪，是当菜那样吃。超市里有包装好的玉簪卖。不过他们吃的不是花，而是新抽出的嫩茎和嫩叶。雪白的叶茎有七八寸长，茎上蹿出一寸来长碧绿的新叶；新叶像未展芭蕉叶那样卷着，露出纵向的叶脉。它们三枝一束，被用保鲜膜包在泡沫塑料盘子里，碧绿生青。

做法超级简单。洗净，十字形竖剖两刀，一分为四，再横切两刀，截为两寸长的段；入开水锅中略加焯烫，断生即可；捞出放长盘中，佐以日本的酸甜酱或中国人喜欢的芝麻酱。

可惜这是时令性很强的菜，除了春天玉簪芽壮抽新叶的季节，就没有了。

夏天开花的时候，可采摘下新鲜未开的玉簪花苞入馔。在日本，玉簪花苞可以做天妇罗——在那里，什么菜都可以做天妇罗，连

鹿药　选自《本草图谱》

狗尾巴花和秋枫的红叶都可以面拖油炸——也可以做汤、炒鸡蛋、包饺子。

　　玉簪是百合科植物。中国西南的高山里有另一种百合科植物，嫩叶也可作为春天的时令蔬菜来食用。某年五月，我去四川大邑的西岭雪山拍花，在山下看到当地人在卖一种山野菜，我看着眼生，问是什么菜，回答说是竹叶菜。我便明白了，这是鹿药的新出嫩芽。

　　所谓靠山吃山，靠着一座大雪山，有的是山珍野菜。从西岭雪山开始，一直往西，越过横断山脉，进入泛喜马拉雅地区，整

熊葱（左图）铃兰（右图）　〔比利时〕约瑟夫·雷杜德 绘

个五六月都是采摘竹叶菜的季节。五月，雨季来临后，竹叶菜和野生菌一起从密林底下长出，山民每天进山去采摘，背下山，搭上农用车，花上四五个小时，来到乡镇或县城，出现在集市上。竹叶菜比野生菌的时令还短，野生菌可以采到十一月的旱季开始，竹叶菜到六月底，嫩芽长成叶子抽出花茎，便不能再吃了。云南西北部是竹叶菜的主要产地，这其中，又以香格里拉和维西为采摘中心。竹叶菜是俗名，是百合科鹿药属紫花鹿药、窄瓣鹿药、长柱鹿药、西南鹿药、管花鹿药、高大鹿药等几种鹿药的统称，生长在海拔 3000 米以上高山上的竹叶菜又叫雪山菜。

竹叶菜采的是未展开的叶苞。肥嫩的竹叶菜有大拇指粗细，半尺多长，焯水之后可清炒可凉拌，可配腊肉火腿炒，可煮汤清炖，也可晒干后和肉同煲，或者在火塘上烤一烤，打蘸水蘸着吃，滋味清甜回甘。

中国有竹叶菜，日本有玉簪嫩叶，在遥远的欧洲，春天的时候，人们会采摘另一种百合科植物的嫩叶来食用。熊葱，又名德国韭菜、野韭菜、熊蒜，虽然名字里又是葱又是蒜，但实际上它的叶子和鹿药十分相似，和玉簪一样明显的纵向叶脉，并不像我们熟悉的葱叶蒜苗那么窄细。

玉簪原产中国，欧洲以前没有引种，没机会产生混淆。在德国，采摘熊葱时，人们要把它和铃兰、秋水仙区分开来，后两种是不能食用的。

2014年夏季，一部根据美国作家戴安娜·盖伯顿的系列小说拍摄的电视剧《外乡人》（*Outlander*）上演了。该剧第三集里，1743年，生活在苏格兰高地的小男孩误食铃兰叶中毒。从1945年穿越回去的护士小姐克莱尔在修道院的墙上找熊葱却发现铃兰时，惊讶地说："这是铃兰，幽谷百合，不是熊葱。"明白了男孩的中毒原因，克莱尔找到了救治的方法，却因此被当地人视为巫师。

欧洲的德国人吃熊葱的嫩叶，东亚的日本人吃玉簪的新芽，云南的山地人吃着鹿药的叶苞，不能不说是一种奇妙的巧合。

有人说玉簪花可治咳嗽，方子也实在简单：新鲜采下的玉簪花苞洗净，拭干水分，用糖渍半天，泡水喝。渍了半天的玉簪花，打开盖子一闻，清香扑鼻。玉簪本身所含的香氛都被玻璃瓶子密封住了，又被糖催发，愈加馥郁，却仍具玉簪的清气，泡茶喝，加冰块，清冽芬芳，甜香宜人。

接骨木花

如果小朋友喜欢读书，会在安徒生的童话里发现一种神奇的植物——接骨木。

《安徒生童话》里有一篇，名字就叫《接骨木树妈妈》。这个故事里，没有安徒生童话里常见的传奇爱情，有的只是简单的叙述——叙述一对老夫妇的一生。通篇不时出现接骨木这个名字："接骨木妈妈的衣服上缀满了接骨木花""开满了花的接骨木树枝向他们合拢来，使他们好像坐在浓密的树荫里一样""在他们整个飞行的过程中，接骨木树一直在散发着甜蜜和芬芳的香气"……那从茶壶里长出来的接骨木树妈妈到底是什么呢？故事里说，她真正的名字是"回忆"。

如果小时候曾被这个故事吸引，那么接骨木一定会在你的心里留下美好的回忆。回忆充溢整个童年和少年时期，那雪白的花朵、甜蜜的香气会时不时在梦中出现，唤起幼小时依偎在妈妈怀里时的温暖记忆。

不是一定要等到老年才可以回忆，当年的儿童成了青年，捧起厚厚七册《哈利·波特》时，一定会对邓布利多使用的魔杖感到熟悉。这根"长老魔杖"或称"老魔杖"是用接骨木和夜骐的尾毛做的。读到这里，幼时对接骨木那芬芳气息的向往一定会重

西洋接骨木　〔比利时〕约瑟夫·雷杜德　绘

回读者心头——过了这么多年，又在这里重逢了。原来接骨木不只意味着回忆，它还是神圣的、威力强大的、战无不胜的。就如同邓布利多告诉哈利·波特的，爱可以战胜一切邪恶力量。这根战无不胜的长老魔杖，作者特地写它是用西洋接骨木做的，由此可知西洋接骨木在欧洲中世纪的重要程度。

就像安徒生在《接骨木树妈妈》里写的那样，在古老的欧洲，人们不像中国人那样，用接骨木的茎枝来正骨接骨，而是用接骨木的花来泡茶，治疗感冒带来的不适，同时也可以预防感冒。热腾腾的接骨木花茶不知温暖过多少生病孩子的身体和心。即使到了现在，美剧《生活大爆炸》里，物理学博士谢耳朵在生病后，唯一想要的就是一壶热茶。他畏惧去医院，害怕看医生，要的不过是来自亲人和朋友的关怀。佩妮的一壶花草茶就是谢耳朵内心深处对母爱渴望的投射。接骨木花茶就是母爱最完美的代言。西洋接骨木在欧洲中世纪的传说中，有驱邪辟秽的作用。

在欧洲中世纪几次大瘟疫人口死亡过半的黑暗背景下，传染病如同摄魂怪一样时刻威胁着人们的生命和健康，接骨木花茶应运而生。它可以预防疾病，安徒生童话里小孩子，在外面走湿了脚，妈妈赶紧泡一壶接骨木花茶给他喝，热热暖暖喝下去，盖上被子睡一觉，驱散寒气，预防感冒。

知道了接骨木花在古代欧洲草药史里的功用，就可以理解《哈利·波特》里的长老魔杖为什么是用接骨木树枝做成的了。伏地魔和摄魂怪就如同中世纪的瘟疫那样可怕，而饮用接骨木花泡的茶却是保护人们身体和生命的一种有效手段。死亡和求生这一人类永恒的主题被作者巧妙地镶嵌到了一起，变成一根法力巨大的魔杖。

接骨木是忍冬科接骨木属落叶灌木或小乔木，在中国分布甚广。从接骨木的名字就可以知道，它可医骨伤。它别名很多，有接骨草、续骨木、铁骨散、接骨丹、透骨草、接骨风等名字，个个都与骨有关，一看就是骨科良药。

在中国，所有植物约略可分为两类，能吃的是菜，不能吃的就是药。接骨木从来不曾在我国古人的食谱中见到，要见的话，可去中药店——不过在那里看到的是接骨木的茎枝。它的花很好看，满天星状地聚成一把"伞"，五瓣花，花朵很小，白中带点淡黄。

这随着西方文学影视作品一起出现在人们眼前的接骨木花，若要亲身接触，可以去宜家的瑞典食品屋里找找看。宜家长年出售接骨木糖浆，并且备有配方卡，让顾客在买一瓶的同时，知道怎么配制一杯接骨木饮料。

在没有宜家商场的城市，如果有接骨木树，可以自己熬一瓶接骨木糖浆。春末五月，接骨木树开出雪白的花，采下一捧花，摘去略老的花枝，轻轻漂洗去灰尘和虫蚁，放在一个大容器里。煮开十倍于花的水，倒入放接骨木花的容器里。这个过程，和所有泡茶的手法没有任何两样，基本没有什么技术含量。

等热水稍凉，热气散去，在容器上盖一块干净的纱布，让接骨木花茶静置二十四小时。时间使接骨木花里的有效成分充分溶解于水中。二十四小时后，用纱布过滤接骨木花茶，泡过的花就弃之不用了。再把接骨木花茶放在炉子上加糖煮开，糖的分量可以稍多点，用了多少水，就加多少糖，甚至更多，还可以放半个柠檬进去一起煮，起到中和甜味的作用。等糖全部溶化，捞出柠檬，趁热把接骨木糖浆倒入洗净晾干的瓶子里，拧紧盖子，冷却后收藏在阴凉的地方。想吃的时候，倒一点在杯子里，兑上五倍量的冰水，就是一杯甜蜜芳香的接骨木饮料了。

薝卜煎

　　林洪在《山家清供》里说，自己曾在别人家吃过一道"薝卜煎"，清芳可爱，询问主人才知道乃是栀子花。做法也不难，采栀子花，水焯沥干，用甘草水和面糊，面拖油煎之。

　　原来，面拖油炸栀子花，在风雅之人那里，名"薝卜煎"。高濂《遵生八笺》里也有关于栀子花吃法的介绍："采花洗净，水漂去腥，用面入糖盐作糊，花拖油炸食。"

　　这两位大师的吃法差不多，面拖，油炸。一个用甘草水做面糊，一个用面粉加糖、盐。一个吃甜口，一个吃咸味——甘草本身带甜，用甘草水和，肯定是甜的，这样炸出来，就不用另蘸糖了；明朝的时候，白糖（糖霜）还是稀罕物，高先生用面入糖盐做面糊，糖只是点缀，是调和，重点是盐。这种吃法比较质朴，举凡花瓣肥厚的花，都可以用这样的方法：春天的玉兰、牡丹，夏天的栀子、荷花，面拖油炸，一准没错。

　　《遵生八笺》里还记载了烦琐的栀子花做法：采半开的栀子花，先用矾水焯过，加葱丝、大小茴香、花椒、红曲、黄米饭研烂，撒点盐拌匀，腌压半天食用。这是咸的。甜的呢？矾水焯过，用蜜煎。

　　古人称栀子花为"禅友"。宋朝曾慥有"花中十友"之语：兰为芳友，梅为清友，蜡梅为奇友，瑞香为殊友，莲为净友，栀

栀子　选自《梅园百花画谱》

子为禅友，菊为佳友，岩桂为仙友，海棠为名友，荼蘼为韵友。

　　这名小禅友常在僧房左右出现，唐代诗人卢纶有《送静居法师》诗云："五色香幢重复重，宝舆升座发神钟。薝卜名花飘不断，醍醐法味洒何浓。"栀子花香随着禅院钟声远远送出，象征佛法广大，只是这花香如此馥郁，让大和尚们怎么能安下心来参禅呢？

　　南宋张元干诗曰："伊蒲馔设无多客，薝卜花繁正恼人。"他与别人同游天宫寺，寺院住持设宴款待他们，僧房外薝卜花开得正好，香气一阵一阵送进来，太香了，香得人胸闷头晕。焚了香，点了茶，欲与长老谈谈讲讲佛法，消磨一个梅雨天的下午。

栀子

蔷卜是栀子花的别称，为梵语音译。京剧《天女散花》中唱道：
"菩提树、蔷卜花千枝掩映，白鹦鹉与仙鸟在灵岩神巘上下飞翔。"
菩提树与蔷卜花都是佛教寺院里常见的花木，采一枝下来供在佛
前，是为禅友。

栀子花是梅雨季节的花。江南地区每年从六月中旬入梅，到
七月上旬出梅，这二十来天的时间，是炎热夏季前最后的舒适时
光。天气阴阴雨雨，太阳不晒不曝，时不时一阵黄昏雨，让夜间
的温度不超过 25℃，一般在 23℃左右徘徊；气压有点低，空气

潮湿温润，衣裳湿漉漉不干……种种小的快活和小的烦恼，都在栀子花香里飘散了。这个时候的街头巷尾、住宅小区、公园绿地，栀子花一丛丛地浓绿着，开着硕大肥厚的花，香气热烈地散发出来。白色的花朵在绿叶中清丽绝俗，花和叶片都被雨洗得发亮。叶子上没有一点灰尘，花朵湿透了雨水，重重的，压弯了枝头。从六月持续到七月，开了一拨又一拨。到七月初，最后一轮碧青的花苞绽放出雪白的花瓣，梅雨季节结束，马上进入火辣的盛夏。

在这样绵软的梅雨季节，有这样美丽的栀子花和馥郁的栀子花香，整个恼人的雨季也变得温柔缠绵了。这让梅雨区的人们说起梅雨来，都带着爱恋和不舍。这份浓浓的情感投射到代表梅雨的栀子花上，人们对它的喜爱，也是无以言表的。

在这样绵绵的雨季里，吃个香甜的蔷卜煎吧，与梅雨告别。

半开的大花栀子三五朵，摘下新鲜的花瓣，用淡盐水漂洗干净，沥干水分。鸡蛋一个打散，面粉两大勺过筛，拌入蛋液中，搅匀。面粉过筛的作用是避免面粉遇上液体结块，偶尔有小块也不要紧，静置两三分钟，面粉就会吸收蛋液，化开。这个时候，烧热一锅油，有七八分热了，就可以把栀子花瓣放进面糊里，两面沾上，放进油锅中炸至两面金黄，取出放在吸油纸上，稍冷后转入盘中，蘸糖食用。当然蘸椒盐也可以，只是蘸糖吃更为香甜。

愿生命化作那朵莲花

清末慈禧太后的女官裕德龄撰有《御香缥缈录》一书，记录她在皇太后身边的生活，其中有一段就写油炸荷花的做法："荷花的花瓣也是慈禧太后所爱吃的一种东西，在夏季里，常教御膳房里采了许多新鲜的荷花，摘下它们最完整的瓣来，浸在用鸡子调和的面粉里。分为甜咸两种，加些鸡汤或精糖一片片地放在油锅里炸透，做成一种极适口的小食。"鸡子就是鸡蛋，那时候的帝都人氏忌说"蛋"字，认为不雅，有骂人的嫌疑。鸡蛋叫鸡子，炒鸡蛋则称摊黄菜。

吃花一事，本来就是吃个风雅轻俏，做法多简省，尽量保留花的色泽和形状，因此切丝切片等等不常见于花馔，面拖油炸之法成为主流，这样才能展现一朵花在盘子里开放的模样。口味也多偏香甜。但重口味的吃花法也不是没有，我曾在菜谱里翻检到一个"荷花拌猪心"的方子，这个搭配，颇有些出人意料。荷花配猪心，一个粉白一个暗赭，看上去就不那么让人有食欲。

那古人都是怎么吃荷花的呢？宋代陶谷著《清异录》里有记载："郭进家能作莲花饼馅，有十五隔者，每隔有一折枝莲花，作十五色。"看上去像是用荷花花瓣做馅，饼放在分格的盒子里，每一格里都放了一朵荷花做点缀。做这种点心有点难度，不好供

荷花

莲蓬

家庭日常操作。明末姚可成著的《救荒野谱补遗》上有一道"蒜泥荷花落葵"，倒可以常做来吃。落葵就是木耳菜，各地叫法不同，也有叫胭脂菜、潺菜的，上海叫紫角叶。做法是木耳菜和荷花花瓣分别焯熟捞起，用蒜泥油盐佐味。这道菜的味道应该不坏，并且像个家常菜。

荷花入馔不多，在古代，常用来窨茶。元代画家倪云林首创"莲花茶"，《云林遗事》上有记载：于日未出时，将半开莲花拨开，放细茶一撮，略捆一下。次日早晨摘花，倒出茶叶，用建纸包茶焙干。如此者数次，制成的茶叶不胜香美。

后来，清朝沈复《浮生六记》中，芸娘也曾做荷花茶，她于晚间用小纱囊包少许茶，置于花苞中，第二天早晨取出，烹雨水泡之，香韵尤绝。倪云林的方子恨不得九蒸九晒、不厌其烦，芸娘删繁就简，香韵少一点，意思一样。

相比荷花，荷叶入馔更频繁。最常见的是熬粥，即使是最普通的大米，加上荷叶同熬，也能熬得一锅绵软香糯、微带浅碧的米粥。

刚出水的荷叶还未展开成荷钱时，两侧内卷为一束，芽苞上附着了一层滑溚溚的黏液，有点像莼菜。采摘下来，斜切两三刀，开水焯过，捞出过凉水，用来拌去皮的核桃仁，清香满口，极是鲜美。这个菜只能在临荷塘的酒楼里才能吃到。美食，从来是借地利之便的。

荷叶曾被用来做盛器，名字相当雅致，叫碧筒杯。唐代段成式《酉阳杂俎》里记载，三国魏正始年间，郑公悫在三伏天宴客，取大荷叶盛酒二升，以簪刺叶，让蒂部与荷叶梗相通，吸梗便有酒流到嘴里，名为碧筒杯。据说酒味杂着荷叶的清香之气，又香又凉，当时的人纷纷仿效。

有荷叶杯就有荷花杯。元末有人这么玩过，喝酒至半酣，兴致正高，让人摘下半开的荷花，酒杯放在花瓣中间，命歌姬捧着花劝酒。客人在歌姬手里取过花，左手执枝，右手分开花瓣，以口就饮，风雅还超过碧筒杯，取名为解语杯。"解语杯"又是从"解语花"一词而来。《开元天宝遗事》里说，唐明皇和杨贵妃在太液池赏千叶莲，看得高兴，明皇指着妃子对左右的人说："何如此解语花也。"

唐代时，济南就多荷花了。民国时期，老舍先生在济南生活，就写过怎么吃荷花：香油炸莲瓣。据说味道美极了。当时的济南，菜挑子上一把一把地卖，可见是当时当地人常吃的美食。看到没？从宫廷到民间，从太后到百姓，荷花真的就是炸了吃。

老舍在这篇文章里，除了提到炸荷花，还提到了莲花酒。《云仙杂记》里记载，有个修仙的高人六月请客，坐具饮具都是清凉之物，坐的是康竹簟，凭的是狐文几，香藤为盛器，椰子为酒杯，又捣莲花制碧芳酒。后世凡说莲花酒，都是指仙人仙酿，带了修仙之意。苏东坡在《题冯通直明月湖诗后》中提到过莲花酒，也是取它蕴含的仙境之意："请君多酿莲花酒，准拟王乔下履凫。"既然莲花酒这么神奇，下界之人自然是要想方设法喝到的。明高濂《遵生八笺》中记载了莲花制酒的方子：用莲花三斤，白面一百五十两，绿豆三斗，糯米三斗，都磨成粉，加花椒八两，如常法造酒。清代把莲花酒更名为莲花白，民国时还有。

莲花造酒，非普通家庭可做；油炸荷花，吃法又过于单调，难满足世人好吃之心。我在写小说《离魂》的时候，曾自创了一道菜"炒双夏"，是从"烧双冬""烩双春"衍生而来。"烧双冬"是冬菇加冬笋，"烩双春"是春笋加春豆。"炒双夏，可以用荷叶梗刨去皮切成丁，再加藕丁来炒，出锅前撒一把荷花瓣丝，粉红翠绿配上藕荷色，一定不错。"但这只是小说家语，我没真做过，作不得数。

有一回人家请客，席间有一道荷花蒸鱼片，倒也清鲜。荷花花瓣纵向对折，里面夹一片切得极薄的青鱼片。鱼片先用盐酒胡椒腌渍入味，摆盘上笼蒸熟。取出，原汤倒入锅内煮沸，勾芡，淋在荷花鱼片上。清爽咸鲜，形美味佳，也算别出心裁了。餐厅里做这个菜如探囊取物，家庭制作也不难。若是有客人来，整一桌家宴，用这个菜压轴，想来会极引人赞叹。

　　济南荷花多，荷花入馔也有新品。有一道"湖菜炒鸡脯"，便是创意之作。荷花取花瓣，与莲子、茭白、蒲菜一起用高汤氽烫，加滑过油的鸡胸脯肉片下锅兜匀，末了用清汤勾芡，香嫩滑溜。

木甑饭和米汤花

　　"水绕陂田竹绕篱，榆钱落尽槿花稀。"这是北宋诗人张舜民《村居》诗里的句子，写尽乡村风光。诗里的槿花乃是木槿花，是吾国乡土树种，最常见的植物。城市乡村，田间地头，宅前屋后，有空地就会有木槿。种得不多，三五株成一丛，多半是单瓣的。从夏天开始的六月下旬，到八月的夏末，木槿花一天开一拨，朝开暮落。

　　大概因为太阳曝晒，空气炙热，长夏苦暑，日子难熬，从古到今，人们对木槿花的易逝易谢并没有那么多的惆怅情绪；不像对着春花秋月，书空咄咄，满目伤怀，写不完的伤春诗，填不完的挽春词。晋羊徽《木槿赋》曰："有木槿之初荣，藻众林而间色。"正是说木槿花之青春朝气，给人以欣欣向荣的感觉。

　　木槿有这样的特性，以至于人们避而不见它生命的短暂。那么多花，开了就谢，变作泥土，何等浪费，岂不可惜！吃了它们吧！中国人向来相信医食同源，在吃饱吃好的同时又能顺带着治病，这才是终极追求。

　　木槿花不外乎红、白、粉、紫几种，还有一种蓝色的"蓝鸟木槿"是近些年从国外新引进的栽培品种，这些木槿花，都可以食用。中医说木槿花治风消肿，利尿镇呕，多吃无害。吃法也多样，

木槿　选自《本草图谱》

比如：红木槿花阴干碾成末，可以蘸饼吃；白木槿花晒干火焙成末，开水冲服；重瓣木槿不拘红白，阴干研末，糯米汤调匀——这个要是再撒上些白糖，简直是冬日寒夜暖胃垫饥之良品了。

因此，木槿花在民间有很多乡土名字，什么饭汤花、烧汤花、米汤花，这其中尤以米汤花著名。

如今城里人煮饭，多用电饭锅，米汤不易得。但在许多地方的农村，还保留着用木甑做饭的传统。木甑是个上大下小、带点锥形的两头不封底的桶，多半用杉木做成；在半腰上有四个小突起，有一指宽，上面放一个竹编的箅子；再上头有竹编的甑盖，大出甑口许多，就像木甑戴了个斗笠。做饭时先把米放在大铁锅里煮至六七分熟，捞起，转放进木甑里；半熟的饭放在竹箅子上，

木槿

再上锅蒸十分钟至熟。这样做出的饭，松软不黏，一粒一粒都开了花。那捞出米饭粒的大铁锅内，留下的就是米汤了。

新煮好的米汤香糯爽滑，加少许半熟的饭煮成粥，那真是又滑又浓、又黏又香，上面一层厚厚的米油——在吃木甑饭的人看来，这是最有营养的东西，是可以用来喂养婴儿的。用这种米汤或粥，加木槿花煮开，就是饭花汤，滑溜溜一大碗，滚烫暖胃。若遇上孩子放学回来，肚子已饿，又没到吃饭时间，用饭花汤垫饥，那真是无上妙品。吃时加盐加糖都可以。做饭花汤必得米汤，而米汤必得煮甑子饭才有。过去，甑子在西南和华中乃至闽北很常见，这些地方的青年小时候大约还吃过甑子饭。如今走到成渝地区的古镇，小饭馆里还在用硕大的木甑子蒸出米饭来供游客果腹。

我原以为木甑子这种炊具多见于以稻米为主食的南方，直到读了日本汉学家青木正儿的《中华名物考》才知不然。他在《用匙吃饭考》一篇中说："现在北京人烧饭，先把米放在锅里煮烧，把黏稠的米汤去掉，然后把米放在蒸笼里蒸成饭。"文中写的蒸笼，估计也是木甑子。

这种做法，其实是古代炊煮方式的遗存。汉乐府《十五从军征》中"舂谷持作饭，采葵持作羹"自有其道理，这饭便是用甑子蒸熟的，留下的米汤加冬葵一滚，便是浓稠香滑的羹，用来下松软的米饭正好。四川人至今仍用米汤煮冬寒菜（冬葵），正是古诗的余韵。明清以后，西方的蔬菜进入中国。这些西洋蔬菜比清淡的冬寒菜更好吃，冬寒菜慢慢退出大众的食谱，在西南一角存身，连同炊具和煮法一同被保留了下来。而在没有冬寒菜的地方，人们则煮木槿花。它们都是锦葵科的植物，性状相似。

夏天是木槿花开的季节，如果房前屋后正好有几株木槿，那么不妨在清晨采下将开未开的花苞带回家。要么摊开晾晒以备日后之用，要么煮一锅薄米粥，撒下一把洗净撕开的木槿花瓣，略滚两滚，趁新鲜喝下，畅美难言。

要么，放至中午，煮一碗木槿豆腐汤或木槿紫菜蛋花汤，佐面饼、煎饺。要么，到晚间，太阳下山，暑气已退，从冰箱里取出早上采回的木槿花，摘去青绿的花蒂、淡黄的花蕊，淘洗干净，沥干水分；打上一个鸡蛋，调匀面粉，裹上木槿，下油锅煎炸，佐小米绿豆粥，亦好。

或者，多打两个鸡蛋，把撕成条状的木槿花瓣搅和进蛋液里，嫩嫩地炒个木槿花鸡蛋，配上一碗清粥、两个小菜，这一餐也颇有滋味了。

要问木槿花滋味如何，哦，你要是吃过木耳菜，就知道是什么样的口感了，滑，嫩。

金银花露

金银花作为"餐芳谱"里的一芳，资格虽然老，地位其实不算高。众家姊妹如牡丹、芍药、玉兰、荷花等，可煎可炸，可拌可烩，可做馅，可氽汤，金银花却只有泡茶、蒸露两种。没听说过可以来一盘凉拌金银花、裹炸忍冬藤（忍冬即金银花）的。古代著名食谱中，只有明朝高濂的《遵生八笺》和清朝顾仲的《养小录》中有提及金银花的芳名。

高濂是钱塘人，生于嘉靖初年，主要生活在万历时期。据说他幼时患眼疾等疾病，因此搜集了许多奇药秘方，后来治好了，便把这些方子撰写成书，分为八部，是为《遵生八笺》。

中国人向来相信久病成良医之说，长期和自身疾病纠缠，对于怎样治病养生自然会总结出一套自己的理论。关于金银花的记录，一则在"酿造类"下，高濂还强调说："此皆山人家养生之酒，非甜即药，与常品迥异，豪饮者勿共语也。"意思是说，这些都是养生用的，只适宜小酌，一天几钱半两，喜欢大碗喝酒的就别来评论了。这种加入金银花的酒名曰"五加皮三骰酒"，是用金银花和十几味其他材料酿成，太复杂了。

另一则在"服食方类"中，名曰"河上公服芡实散方"：金银花茎叶、干藕切段，和干芡实一起蒸熟，晒干，捣成末；每天饭后，

金银花

金银花　清　席佩兰　绘

调一勺服下。这个方子就简单多了。

如今流行冬令进补，许多食品公司甚至菜市场门口的小店都有营养粉售卖，一字排开几十种干果坚果，什么黑芝麻、核桃、杏仁等等，喜欢什么挑什么，用料理机打成粉，和在一起，回家开水一冲就行了。如果有人有心，大可用这三味料配出"芡实散方"来，估计比自己随心所欲整的方子要靠谱。

清朝顾仲的《养小录》里提到"花露"，说诸花及诸叶凡是香的都可以蒸露，入汤代茶，入酒增味，调汁制饵，无所不宜。像金银花这么香的花当然也是蒸制花露的极佳原料。

这花露如今要家庭制作也简单，淘宝上有家用蒸馏水机，也叫纯露机，爱鼓捣的人可以买一个来自己蒸花露玩。蒸得蔷薇露、木香露、金银花露、佛手柑露，又吃了又玩了，增加不少生活情趣。

金银花在古代算不得什么好东西。陶弘景说金银花是"易得之草"，而"贵远贱近，庸人之情"。李时珍引用张咏的话，说其"至贱"。他们肯定想不到，金银花到了时下，经过 2003 年 SARS 一役，会身价百倍。写这篇文章的时候，正好电视台在播一条新闻，南方某地出产的金银花不被专业机构认同，只能用山银花之名。南方药农叫屈，引发争端。

这种南方金银花正式名为"大花忍冬"，在 2005 年版《中国药典》中被划归到了"山银花"名下，致使价格比金银花低了很多。这使得南方种植大花忍冬的药农们十分不满。

金银花作为清火良药，在南方各省尤其是闽广等地一向是夏季凉茶中的主要药物。而现代医学则认为，不存在"上火"这种概念，所谓"上火"，多半是炎症或氧化应激反应。

我们小时候，大人们会说，多吃橙，少吃橘子，橘子上火，上火的话，吃点橘子内膜上的白色丝络就败火了。再比如，桂圆热性，荔枝火重，不能多吃……

婴儿奶粉也被认为会上火，奶粉企业甚至推出"奶粉伴侣"等商品。牛奶也被认为会导致上火。

甚至菜油也是引起上火之物。有一亲戚刚做完手术，调养之外，饭菜以"不上火"为准则，炒菜一定是用猪油，不能用菜油。

到了广东，上火之说更盛，人处其间就感觉周围被各种"火"环绕。吃肉上火，吃鱼上火，煲个骨头汤，骨头里还有"骨火"。凉茶无处不在，婴幼儿也被喂食各种凉茶。但凉茶并不是包治百病的仙药，别的药材药性先不说，光是含糖量一项，就可以吓人一跟头。

金银花常用来泡茶，新鲜的晒干的均可。裕德龄在《清宫二年记》中有一段写到慈禧太后喝茶：

> 又有一太监入，持一茶杯以献。杯系白玉，其托与盖则金。旋又一太监人，捧一银盆，内玉杯二，一盛金银花，一盛玫瑰。两太监俱跪太后前，上捧其盆，俾太后能及之也。太后揭去金茶盖，取金银花少许，置之茶内，继乃饮之。并告余等渠爱花如何之笃，并花之味使茶如何之美。

慈禧向来以会吃喝玩乐闻名，这一段写太监先进金镶玉盏，再进玉杯，太后舍玫瑰取金银花入茶等细节，很有镜头感。

黑死病上盛开的薰衣草

薰衣草是一种再浪漫不过的香草，所有与它相关的衍生意义也脱离不开浪漫这两个字。薰衣草名字取得好，卖相佳，颜色美丽，气味芬芳，几乎找不到一点令人不满意的地方。

薰衣草流行，大约是 2001 年以后，有一部香港电影和一部台湾电视剧先后播出，片名都叫《薰衣草》。这两个片子带动了观众对薰衣草的热情，许多人特地到日本北海道去看薰衣草花田。连绵不断的大片花田从脚下一直铺到天边，那种壮观，确实会让人动容。中国新疆也有大片的薰衣草花田，同样有人不远千里奔赴而去，只为一睹那浪漫至极的蓝紫色的无边花海。

薰衣草连成的花海，在风中起伏如波浪，空气都仿佛被染成蓝紫色，浪漫如同氧气，随着呼吸沁入人的记忆。见过此景的人，心里永远会有一块温柔的角落留着，留给浪漫，留给恋人，留给青春，留给自己。每当在记忆的仓库里翻出这些照片，都会想好好地爱惜自己。生活中纵然有无数的不如意，但只要爱惜自己，就可以继续闯关拔寨。跨过难关，美景就在前方。

我因为喜欢读西方翻译小说，很早就从书中认识了薰衣草。不记得哪一本小说里，提到女主角喜欢用薰衣草来薰衣裙，还把干薰衣草花束佩带在身上，走到哪里，身上就散发出好闻的薰衣草香味。当时国内还没有大规模种植薰衣草，我看书看到这里，对这种名字这么美丽、花香这么动人的香草十分向往。

西方人用香草熏香衣裙，是直接把干制的香花放在衣橱里，让花香慢慢浸润到衣裙的每个褶子里。而中国古代贵族熏衣裳，则是在点燃的香炉里放置金属器皿，器皿上再放香料。这还没完，香炉还要放在一个金属托盘上，托盘里注满水，以吸收烟火气。这才把这套复杂的炉具放在竹制的熏笼下，把衣裳覆在熏笼上。

熏件衣服这么麻烦，后世的人都不熏了，身上佩个香囊就起到辟味熏香的作用。到了如今，连香囊都成了稀罕物，抹点香水了事。生活方式愈加简单，一切闲情逸致都成了奢侈品。不过就算是古代，焚香、熏香、佩香囊这种生活方式也是贵族阶层才能享用的，阶层不存在了，附属于阶层上的生活方式自然也就消亡了。

中国古典式的熏香现在再难复制，西方乡村风格的熏香却很简单。盛花期的薰衣草从基部折断，使每一枝足够长；折上一小束，从基部理齐，把花头倒垂向下；花梗部分在离花头最近的地方向外折断，让花梗把花头包裹起来；再用缎带包扎花束，穿绕缠裹成理想的形状，最后打个蝴蝶结。

这样做薰衣草花束所费不多、工艺简单，但效果很好，不是手工达人也能轻松完成。做好的薰衣草花束细细长长，放在挂长裙大衣的衣橱里或放置内衣的抽屉里都是极为适宜的。不占地方，不掉花屑，香气释放时间可长达半年以上。这样的一点小心思，正是女性关爱自己的表现。生活得浪漫精致，是大多数女性都想要的。

但薰衣草的美丽也好，芳香也好，都不如抵御瘟疫、拯救人类来得重要。公元 1346 年，蒙古军队围攻黑海北岸的港口城市卡

加那利薰衣草

法。为了尽快取得攻城胜利，蒙古军队发动了人类历史上第一次细菌战。他们用抛石机将患鼠疫死去的人的尸体抛进城内，腐烂的尸体很快污染了空气和水源。没过几天，卡法城里的人开始死亡。

一些活着的人逃了出来，搭上了一艘前往意大利的船。船上的人们并不知道，新来的乘客里除了卡法城里的人，还有卡法城里的老鼠和老鼠身上的跳蚤。次年十月，船到达西西里岛。其间，乘客和水手一个一个地接连死去，船长把自己的身体绑在舵上，让船最终靠岸。一艘搭乘死神的船到了欧洲。人死了，老鼠们却活着，并且上了岸。接下来的历史让整个欧洲颤抖了四百年。黑死病就此蔓延，欧洲三分之一的人因此死亡。

但是也有例外，17 世纪的英国，有一个小镇叫作伯克勒斯伯。

镇里有一个薰衣草交易中心，这里的手套工人用薰衣草油来熏香皮件，去除鞣制皮革带来的恶臭。这些手套工人没有一个人得黑死病。现在我们知道，黑死病是靠老鼠身上的跳蚤传播病菌的，而薰衣草的一大功能就是驱赶跳蚤。当时的人不知道为什么接触过薰衣草的手套工人不会传染上黑死病，但薰衣草神奇的功效他们看到了。从此以后，薰衣草成为房间里驱虫辟秽的主要药草，这一习惯被长久地保留了下来，延续至今。

薰衣草在17世纪后的欧洲，不是浪漫的代名词，而是驱赶跳蚤的药草，和罗曼蒂克没有一点关系。在当时人们的生活中，处处能看到薰衣草蓝紫色的身影。干燥的花束用来熏香衣裙和房间，新鲜或干燥的花叶用来泡茶以缓和头痛并镇静神经，制作成糕点食用，蒸馏出花水洗脸洁肤，制作香皂和洗液。薰衣草的英文名字lavender，来自拉丁文larare，原意就是洗涤。17世纪的作家沃尔顿写过一句诗："我渴望留在屋里，呼吸床单散发出的薰衣草香。"

当黑死病的阴影散去，薰衣草作为香草，放在食物中成了它的主要用法之一。薰衣草的花和叶都可以吃，摘下新鲜的花叶直接泡一壶花草茶一样安神镇静。做成西点也不错，用薰衣草做一款慕斯蛋糕，不用蒸不用烤，也还算方便。

黄萱独占打卤面

很长一段时间里，黄花菜都是菜中之上品，据说久食可以轻身长寿云云。各地寺庙、道观，凡有素斋，席中必有黄花菜。

"麻姑献寿"这个故事人人皆知，清代有人专门为此写了一出戏，叫《茯苓仙传奇》，把麻姑从村姑到仙女的成仙之路铺排了一番。

这出戏有意思的地方，不是麻姑无意中吃了在林中奔跑的茯苓精而成仙，而是有个男道友轻佻无礼，见麻姑仙手指甲长，戏言背痒时请她爬搔爬搔岂不大妙。他师父得知，在他背上打了一鞭。另一个道友知道了，便说要整一桌菜蔬，为他压惊。

吃点啥呢？那位道兄便说了，先去泡杯茶。什么茶？他说，兄弟你受得起那一鞭，也算一条好汉，便请一位好汉来陪你。这好汉乃是武松，这杯茶便是武松（武彝、松萝）茶。菜呢，第一味是生茯苓（生姜、伏姜煮乌菱角），第二味是阿胶（蒿蒌笋炒茭白），第三味是白芷（荸荠拌紫菜），第四味是黄芩（黄花菜炒水芹）。

道兄们吃的菜属仙家一派，这张菜单列出来，眼熟之极。《西游记》取经路上，从东土到天竺，从农家到猎户，从神仙到妖精，桌上摆着的招待东土圣僧的菜差不多都是这些，黄花菜赫然位列

北黄花菜 〔比利时〕约瑟夫·雷杜德 绘

黄花菜

其中。

　　清朝还有一篇讲修道的文章叫《太和记》。文中，被褐散人独游南台深处，步入幽谷，误入鸿蒙窍，到了无何有之乡，得遇仙人。仙人请他回村，村名"太和庄"，又请他吃饭。吃的什么呢？"整黄花菜，煮黍米粥，烹白雪茶，煎玉液酒。"这一个《桃花源记》一般的故事中，菜单丰富了起来。晋太元中捕鱼人遇到的避秦人是"设酒杀鸡作食"，这里便有酒有茶，有菜有粥了——神仙都吃黄花菜呢。

　　不说黄花菜在清朝人写的书里是仙人们的桌上珍馐，在不久的过去，黄花菜也是难得之物。三十年前副食品配给的年代，城市居民每家每户凭户口本可以在春节前买二两黄花，这黄花和黑木耳一起搭配供应，从不拆散，是一对万年老搭档。干品的黄花菜也叫金针，或金针菜。有的地方管这对搭档叫"黄花耳子"，有的地方称其为"金针木耳"。上海人做"四喜烤麸"，一定是金针、木耳、去皮花生米，加烤麸一起红烧，是为"四喜"。另一道家常菜"炒素"，则是油面筋、金针、木耳、蘑菇或香菇同烩，都是庵堂寺庙素菜里最常用的食材。

北京人做打卤面一定是要放黄花菜的。看过一部忘了叫什么名字的电视剧，是讲老北京胡同人家生活的，其中有一个情节就是老太太在家做打卤面，对帮厨的说，多搁点黄花，谁谁最爱吃，没够。

写打卤面最详细的，是刘枋女士在《吃的艺术》一书里写的《打卤与炸酱》一文："那天，十人份的打卤，她用一斤半猪的后腿肉，即精肉肥肉紧紧地连着的二道豚肩，整块地入锅煮汤，煮约一个小时，肉块取出，俟冷去皮切片，肉片长寸半，宽一寸，其薄如纸。此时汤中放入洗好、拣净的大虾米一握，真正金华火腿一块（约四两）煮二十分钟，取出火腿去皮，切薄片。然后将发泡好了的木耳、金针菜、香菇，以及泡香菇的水放入汤中滚煮约十分钟，再把肉片、火腿片加入，即调入太白粉糊，使汤浓稠适度。最后将打好的蛋液用筷子拨入锅中，于是一锅漂着均匀蛋片（不是碎蛋花）的打卤大功告成。"

看过这么一篇详细的打卤面教程，我当即照着做了一回打卤面。并且按照北京人说的，第一碗打卤面先不忙吃面，吸溜吸溜喝下半碗卤子，再满满添上，这才挑开面，拌匀了，吃面喝汤。

这一碗面吃下去，那真是非常满足，黄花菜在这个卤子里有提升品格的作用。即使这样煮过，黄花菜依然保留着爽脆的口感和特有的香味。

好在黄花菜在如今，早不稀罕了，当令时节，新鲜黄花菜在菜市场几乎天天得见，火锅店里的诸多菜品中也有新鲜黄花菜位列其中。我知道新鲜黄花菜有微毒，不吃为好。而我母亲作为一个家庭的主力采购员，每天买菜要翻出花样来，实在难办，有时看见了就会买半斤回来。她和我父亲一起把黄花菜的梗轻轻折断，小心扯出一根最长最壮的蕊柱来，说这个不可以吃，然后就安心了。洗洗下开水锅里一焯，捞出放凉了，加盐和花椒油一拌即得。

这个菜谱，其实是个古法。清代顾仲在《养小录·餐芳谱》里写道："萱花，汤焯拌食。"明朝屠本畯《野菜笺》中也有此法，只是调料不同，用的是盐、糖、麻油和姜汁。

凉拌黄花菜做法简单，吃口很好，鲜嫩脆生，清香开胃。夏天吃来，清爽宜人。科普界有个说法，离开剂量谈毒性都是耍流氓。那么，一个夏天来个两三回凉拌黄花菜，加起来不超过二斤，也大可放心了吧。

我们的田野

　　《舌尖上的中国》第一季最后一集，名叫"我们的田野"，片子最后出现一位在北京的四合院屋顶上种菜的张贵春先生。他在屋顶上铺了十五厘米厚的土，种番茄、黄瓜、丝瓜和倭瓜（南瓜）等菜蔬。绿叶覆盖的瓜架下，挂着他心爱的鸟。镜头中，他把一朵朵倭瓜花摘下来，蘸上蛋液，拍上干粉，在温油里慢慢炸熟，炸成焦黄色，捞出控干油，撒上椒盐。张先生一边做，一边说，外边没有，可香可香了，外焦里嫩。这正是常见的南瓜花的吃法。

　　《我们的田野》是一首20世纪50年代的儿童歌曲，我小学时学过这首歌，因此片名一出，就有强烈的熟悉感袭来。

　　张先生在片中说外边没有，也不尽然，有的地方的菜市场就有新鲜摘下的南瓜花卖，比如云南。大多数瓜果蔬菜都需要疏花，以免开花太多争夺太多养分。菜农把摘下的花放在菜篮子里，挑到市场上去卖。篮子一头是碧绿的瓜尖，带着卷曲的须，一头是比拳头略大的小南瓜。另一角，放着一小捆一小捆的南瓜花，松松扎着，一捆有十来朵二十来朵花的样子，足够炸一大盘让一家人吃了。

　　南瓜原产南美洲，明代传入中国，落地生根，就此在中华大地上繁衍开来，几乎被当成了中国本地的土产。

金庸在《神雕侠侣》中犯了一个常识性错误，他让明朝才进入中国的南瓜提前到了南宋，种植在西安附近的终南山上。第二十八回"洞房花烛"一章，写杨过带了小郭襄和小龙女避入古墓中，途中行过一片瓜地，杨过把道人所种的南瓜摘了六七个放在箱中，笑道："足够咱们吃七八天的了。"比起这个失误，《笑傲江湖》中，明朝中期的林平之在路上偷摘两个玉米棒子就不算什么了，也许那时候，玉米已经在某些地区种植了也说不定，毕竟南瓜在明初就有了。

　　南瓜是葫芦科南瓜属植物，又叫倭瓜、番瓜、饭瓜、番南瓜、北瓜。是的，南瓜又叫北瓜。

　　我小时候和小伙伴玩耍时，会玩一种游戏，一人说一种瓜，一人说一种花，一人说一种动物。每次说到瓜，冬瓜、西瓜、南瓜、瓠子瓜、苦瓜、葫芦瓜、菜瓜、香瓜、白兰瓜等等搜肠刮肚地说完，总会有个小朋友再也想不起别的瓜来，就会说北瓜。然后别的小朋友就会指着他说："没有北瓜，哪里来的北瓜，你去买个北瓜来我们看看。"那个小朋友就会涨红了脸，嘴硬地说："就是有，就是有！我爸爸说有，他在北京出差的时候见过，还吃过。"别的小朋友不知真假，也只好听他的。其实他也是硬着头皮编的。

　　有的地方管南瓜叫荒瓜，荒年采食，可救人命。南瓜可以从春天一直吃到秋天，从春天的瓜尖（嫩苗），到夏天的南瓜花；从初结的小瓜，到秋后的老南瓜。每一阶段都好吃，每一阶段都各有风味。

　　瓜尖又叫南瓜藤、南瓜苗，采顶生的一小段，急火快炒。重油重蒜，加点红辣椒提味增色，碧绿生青，肥润甘腴，素菜吃出肥厚味，最是下饭。南瓜花不用说，面拖油煎，香脆可口。嫩南瓜生炒，

南瓜花　选自《梅园百花画谱》

南瓜藤　选自《梅园百花画谱》

要炒得脆生，才能显出嫩南瓜的鲜嫩来。可只加油盐清炒，可用蒜蓉炒，用豆豉炒，用干辣椒炒，断生即起锅，吃的就是清鲜。老南瓜可当粮食吃。加面粉做成南瓜饼，是餐后点心。煮绿豆是消暑小吃，煮百合是清凉甜品，煮莲藕是酒席小菜，煮芸豆是早饭夜宵。

在外吃饭，如果遇上点菜困难，不知道是炒个小白菜还是炒个空心菜，要是看到有瓜尖，点这个保证没错。有一回在莫干山玩，我拿着菜谱沉吟半天，不知道点什么。母亲听我念完素菜这一栏，淡淡地说："炒个南瓜藤，嫩点，油重点，多放蒜。"过一会儿炒南瓜藤上桌，果然滑嫩肥润、咸鲜可口，被一抢而光，比扁尖老母鸡汤受欢迎多了。这个菜一定要吃新鲜炒出来的，一定要烫。从离火到上桌不要超过两分钟，厨房离桌子远的大酒店就算了。等服务员从厨房搬运到桌上，中间转两次手，从灶台到窗口，从传菜员到服务生，再到客人嘴里都温暾了。吃不出镬气，就算失败。

那天吃完老母鸡汤和炒瓜尖，回山庄午睡起来，在莫干山的老别墅区里闲逛，无意间走到一幢老别墅的后面，看见两个大姐坐在小板凳上择瓜尖。我过去找张板凳坐下，一边和她们聊天，一边帮她们择菜。她们告诉我炒瓜尖要嫩，得把南瓜藤的茎皮撕掉，她们就是在撕茎皮。有的人喜欢吃叶，有的人喜欢吃茎，有的人两样都要，在择的时候，就要注意把瓜叶和瓜藤分开。大姐说："南瓜藤好啊，不需要买，山间乱草丛中自生自灭，没有人去种，年年生，年年发；只要有人去荒地里拉扯一大蓬回来，堆在阴凉处，随点随择，不会断档。"

我也吃过一回非常好吃的煎老南瓜，是在杭州，虎跑还要再往城外一点的地方，山林底下一家小餐厅。友人做东，同行还有两位女士。那天他点了好些菜，别的都不记得了，有一道煎南瓜极香甜，我一人几乎吃了一半。其法是老南瓜连皮切二指宽的条，油煎至熟，盛在陶钵内，端上桌还是烫的。那南瓜煎得又香又甜，我不记得是不是煎好后又淋了糖浆，只觉得滚烫甜糯，好吃到停不下来。

有一回看电视里的美食节目，大厨们在比赛厨艺。有一位厨师做了一道蒸酿南瓜花，甚有创意。我很喜欢这个菜，又美观，又好吃。南瓜开花的时节，摘几朵做一盘，野趣横生。

做法稍有点复杂：新鲜的南瓜花摘去花蕊，洗净；猪肉糜调好味做成馅，塞进南瓜花里；为免花瓣散开，可用白棉线稍加缠绕后放在盘子上，上蒸锅蒸熟，取出；把盘子里的汤汁倒进锅里，调味，勾芡，再淋回南瓜花上。南瓜花蒸熟后花瓣变软，紧紧包裹着酿进去的肉馅，一头尖，另一头圆而饱满，真像一支蘸饱墨了的毛笔。

就用这笔，在我们的田野上尽情书写吧。

蕉花喃咪

　　所谓"蕉花"，指芭蕉花或香蕉花。蕉花可食，这是我在云南旅游时才知道的。也不是云南所有的地方都吃蕉花，滇西的丽江、滇中的大理、滇东的昆明就吃得少。在彩云之南的北部城市，走进任何一家餐厅，就算菜单上有这道菜，也肯定是傣味餐厅。一过红河，河谷的市镇变得热带味十足，各种蕉花菜看也就多了起来。红河、文山、普洱、临沧、德宏、保山、版纳等地没有四季之别，季节有变，也不过雨季和旱季。在那里，房前屋后、田间地头、路边沟里，遍是香蕉林、芭蕉林。

　　二月底，江南还觉冻手的时候，去元阳看哈尼梯田。车子翻过几座山，连下几十公里长缓坡，一转弯，两边景物为之一变，忽然就开到了一条波光粼粼的大河边，一路风光无限：这一边是夕阳下的大河，那一边是丛丛的芭蕉林、香蕉林，一片热带风光。泥土红，空气干，红河水在夕阳下金光万点。

　　河水滔滔，河岸边有某种萝摩科的攀缘植物开着五瓣花，瓣尖微红，花心浅紫带蓝，有五条深紫色的脊隆起，聚于花心，那模样看着实在有趣。这时，一个名字忽然从记忆中跳出：五犬卧花心（牛角瓜别名）。是的，就是它，一点没错。这名字实在太过形象，"按名索骥"都不会出岔子。这个听上去妙趣横生的狗仔花（也是牛角瓜别名）在诗话史上很是有名。

这个故事出自南宋许顗的《彦周诗话》，此书已散佚，只留下几则故事流传于世。其中一则说，王安石有一回看见两句诗"明月当空叫，黄犬卧花心"，一看不通，就给改成了"明月当空照，黄犬卧花荫"。后来，他在某地见到明月鸟和狗仔花，才知道改错了诗。

我在红河边上初见牛角瓜的花，看到这具体而微的五只小狗相向而坐，顶部有两个小小的尖耳朵，头拱着花心形成一个淡绿色的五角星形，五条紫色的背脊连着花瓣的底部，膨大的基部就像是狗臀和狗尾，忍不住笑了出来。

离开河边，继续上路，蕉林沿着公路连绵不绝，有开着倒悬着的莲花一样的花的，有结着一串串果实的。到了元阳县城吃晚饭，菜单上就有蕉花炒肉。

在丽江吃过了海菜花，在大理吃过了树头花，在元阳少不了要尝一尝蕉花。元阳以梯田闻名天下，田里出产的梯田鱼也是一绝，配上本地土菜哈尼豆豉炒蕉花，梯田鱼香辣，蕉花新奇，这是正宗的哈尼味道。

亚热带地区，四季温度相差无几，蕉林一年到头地开花、结果。每一株只开一朵花，贴近花苞基部的那一片花瓣会落下，露出一串并排着的小花，这些小花是雌花，将来会长成果实。那朵看上去像一朵倒挂着的红莲花一样的花，是雄花。这朵雄花会不停地长，花柄越来越长，花瓣一片片掉。掉到雌花坐果有七到十串后就不再生蕉子，但花还会继续长大，这个时候就可以把蕉花摘下来，剥去外面的几片老瓣，剩下嫩芯，横切成粗丝，下开水锅中焯透，去除麻涩味道。加豆豉，加辣酱。清炒、凉拌、氽汤。

芭蕉　〔比利时〕约瑟夫·雷杜德 绘

蕉花质感肥厚敦实，嚼之有劲；纤维粗，能最大限度地饱吸肉味油荤；咸香味厚，和江南冬天的笋干有异曲同工之妙。蕉花初切，是嫩黄色的，切开之后与空气接触，氧化变黑，因此做菜颜色不鲜亮，通常会加韭菜、朝天椒、葱白与肉同炒：韭菜碧绿，辣椒鲜红，葱白明亮，提升不少菜色。

哈尼人是做蕉花的高手。哀牢山南的墨江哈尼人用蕉花丝炒鸡杂，锅热油烫，急火爆炒，生脆香鲜；红河一带的哈尼人用蕉花烧香肉，小火土锅，用蕉花来为香肉解腥，更显得滋味绵长；蕉花炖鸡是哈尼族妇女产后的滋补佳品；蕉花用鸡蛋面糊裹后油炸，吃时再撒一把花椒面，这种中原地区人民吃花的面拖油煎的方式，同样是哈尼人常做的。

版纳、德宏一带的傣家人则"煮豆燃豆萁"，用蕉叶包裹着蕉花入炭火中烧熟，剥叶便食。蕉花里放入调好味的肉末、打散的鸡蛋液，加葱花、蒜泥、芫荽、青椒碎、小米辣等香辛料，用刚裁下来的蕉叶包裹，或烤或蒸，别有一番情趣。越南人也擅长料理蕉花，一般地剥去老叶，嫩芯切丝，焯水挤干，唯佐料不同而已：除了青柠汁、鱼露、红椒圈、香菜、薄荷、红葱酥这些东南亚菜式中最常见的几味，自然还少不了碾碎成粒的熟花生米。味道是越南菜标志性的酸辣香鲜，刺激开胃。

不但蕉花可食，蕉芯也可食，还很好吃。这个芯指的是植株的茎干。香蕉树、芭蕉树没有木质化的主干，只有层层裹紧的叶柄。过小的或疏林淘汰下来的植株，去掉外层的老皮，留下内芯，一层层剥开，撕作小片，色作淡黄，粗看几乎像掰碎的卷心菜。用来炒肉片，口感比卷心菜好太多，又软又嫩，没有任何异味，还极易入味。我在勐腊的街边小店吃过一盘，非常惊艳，实在想

芭蕉果实　〔比利时〕约瑟夫·雷杜德 绘

不到蕉芯这么好吃。

　　关于傣族人食用蕉花的来历，有一个颇为搞笑的传说。某个召勐府（土司司署）的女佣，天天在府里吃召勐剩下的饭菜。虽是剩饭菜，但也是略动过几筷就撤下来的，大鱼大肉不必说，油多脂厚，吃得女佣体壮腰圆。召勐嫌她胖，在府里看着不爽，就打发她到乡间去看守香蕉园。香蕉园里就没有那些肥甘之物了，女佣常以野菜和香蕉花充饥。香蕉花烧熟，蘸喃咪下饭，甚是美味可口。这么吃了一段时间，女佣的身材变得像少女一样苗条。后来召勐到香蕉园游玩，见到昔日的胖姑娘变得苗条美丽，问她吃了什么仙药。女佣说："没有仙药，就是吃了园里的香蕉花。"香蕉花可以减肥的传说就流传开来。

"喃咪"在傣语中是糊状酱料的意思，"咪"的意思是拌和。我在版纳的勐龙旅行时走进曼飞龙村，正好遇上一户人家院子里摆开了流水席。我看见这么多人围着竹编的小矮桌吃饭，以为是接待团体客人的餐厅，就对正在招呼客人的年轻女子说："这里可以吃饭吗？"她忙说可以可以，热情地招呼我坐下。我忙说谢谢，她笑说："没啥没啥，今天我家上新房，来的都是客。"我一听，汗颜之极。

邻座的几个年轻傣族女子一边帮着留客，一边告诉我这是什么菜，那是什么蘸料：水煮竹笋配的是绿色的青辣椒蘸料，水煮蔬菜配的是红色的红辣椒蘸料，还有糯米汁和咸酸菜配的蘸料……有一种蘸料颜色看上去不起眼，她说："这个你吃不了，太辣。"我说："这些都是喃咪吧？"她说："是的，都是喃咪。"

我心里颇有些自得，觉得这顿饭吃得虽然唐突，但也吃对了人家，增长了不少见识。

傣家饭食以各种山野菜居多。我有一个住在德宏州的汉族朋友说，傣家人以前不种菜，只种稻；不养猪，只养鸡。他们吃菜，都是去山林里摘，嫩的叶子开的花都是菜，摘下来煮一煮，蘸各种作料。

其实像这样除了野菜啥都不吃，再胖的人也会瘦下来的，和香蕉花实在是没多少关系。事实上，我在版纳和德宏旅行时，看到的傣家女子个个都腰肢细软、纤秾合度，短袖贴身的小上衣配长长的筒裙裹紧腰臀，让她们婀娜多姿；糯米水梳拢的发髻插着梳子和花朵，露出光洁的额头，更显得眉目如画。如果多食香蕉花可以让女人变得苗条，这一道美丽药馔，天天吃都可以啊。

香蕉是芭蕉科芭蕉属植物，因而芭蕉花和香蕉花相似，都是可以吃的。

芭蕉在江南亦称"甘露"，一向为吴中人士所喜爱。周瘦鹃在《芭蕉开绿扇》一文中曾说："凡种了三年以上的芭蕉，就会开花。花茎从叶中心抽出来，蕚大而倒垂，多至数十层。每层都长花瓣，作鹅黄色。花苞中有汁，香甜可啜，这就是所谓的甘露，而甘露也就成了苏州娘儿们口中对芭蕉的俗称。"

如今住宅小区里绿化都不错，芭蕉也常见，我家楼下就有老大一丛，有几株开了花，花柱一点一点向下延伸，花柄足有一米长，从初夏开到仲秋。在凋落前，我仿照傣家人的做法，做一个包烤芭蕉花，放烤箱里以 250℃ 的高火烤 30 分钟，取出，依自己口味拌个喃咪，蘸食。

我制的是番茄喃咪。把番茄和小米辣都放在火炭上烤熟；番茄烤到番茄皮焦煳反卷，小米辣烤到香辣味出，剥去皮，和葱、蒜、香蓼草、野花椒、盐等放进石臼中捣碎，最后加切碎的芫荽叶拌匀即成。

有一种元阳出产的蒜油小米辣调料，瓶装，淘宝有售。调料里面已经有了小米辣、葱、蒜、香蓼草等香辛料，只需加捣成酱的烤番茄和芫荽叶就很相似了。

这一盘包烤芭蕉花很是有模有样，不妨一试。

好一朵美丽的茉莉花

茉莉花最常见的用法是窨茶，入馔的不多。不过在云南，春来食花三百种，像杜鹃花这种普遍有毒的花都能找出一种无毒的大白花杜鹃来做菜，没有放着安全无毒还香死个人的茉莉花不吃的道理。

最普通的做法就是炒蛋。在云南旅行，到了丽江、大理等地，炒茉莉花是每家馆子的当家菜，家家餐厅门口的大水盆里都泡着一篮筐一篮筐的茉莉花，单炒也可，混搭也行。炒鸡蛋太俗，那就炒个"五朵金花"吧，比如茉莉花、棠梨花、石榴花、苦刺花、虫草花；哪五种并没有定论，可以按客人口味和喜好随意组合，待选"佳丽"还有芭蕉花、金雀花、攀枝花等。可以五种花炒作一盘，小餐馆大多如此；可以单炒，炒出来放在水彩调色盘一样的格子盘上，一格一花，大酒店一般这样。

要是嫌太素，自然有高档的做法。溥杰太太爱新觉罗·浩撰写过一本书叫《食在宫廷》，书中写清宫中有清汤茉莉一道，倒也简单：老母鸡一只炖汤，下竹笋和口蘑加姜丝调好咸淡，片下的胸脯肉切丝，煮滚上桌，揭盖撒上茉莉花。

要是不想用整只的老母鸡来配，还是炒鸡蛋吧。炒鸡蛋也可以与众不同。炒蛋也有各种炒法呀，可以用全蛋炒，这个就不用说了；可以纯用蛋黄炒，比如黄金炒饭；可以纯用咸蛋黄炒，比如金沙南瓜、金沙蚕豆；可以用蛋白炒，比如银鱼跑蛋；可以蛋黄、蛋白各自炒好了再混炒作一处，比如赛螃蟹。

做茉莉花呢，可以全部用蛋白，少量油，或加少许水炒，不用锅铲翻，用筷子朝一个方向画圆圈搅动，让蛋白在凝固的时候呈丝絮状。炒的时间短一点，刚凝结就出锅，这样炒出来的蛋白嫩，不结块。被蛋白包裹着的茉莉花蕾一朵一朵，欺雪压霜一般，好似在雪地里盛开。蛋白里隐隐透出茉莉花萼片的淡绿色，越发显出茉莉的清雅和蛋白的细洁。

做这个菜，最好用新鲜采下的茉莉花，慢火快炒出锅，在吃的时候，齿颊间会有一股馥郁的茉莉花香气。不过一般家庭种茉莉花，种个一盆两盆，种得再好，夏天开花，也不过一天开个十来朵，不够炒一盘，寻常难得一尝。

这些阳台或窗前开出的少量的花，多半由家里心灵手巧的小女孩摘了来，用白棉线串了，做成手串，套在手腕间。家里没有小小少女的，老太太早起洒扫庭除，随手摘了，放进茶碗里，冲一盏香茶，放在老先生的书桌前。这一盏茉莉香茶里，依然是女性细腻的情怀和对逝去光阴的留恋。

只有在茉莉花的产地，才可以这么奢侈地大啖鲜花。一盘子两盘子地炒，流水一般的客人，雪片般的菜单。一条街一个午市卖出去至少百多斤茉莉花。午市歇了还有晚市，晚市忙过了还有夜市，今天散了席还有明天。旅游季节从圣诞年前忙到三月街后，从暑期开始忙到开学后，大半年时间是旺季，小半年时间算喘口气，一年要吃掉多少茉莉花？

只是这种吃法，总有点让人于心不忍，觉得暴殄天物，唐突

茉莉花

了佳人。茉莉花最好的去处，要么是小姑娘的发髻，点缀鸦雏色的双鬟；要么是成年女子的衣襟，暗熏妩媚的腰肢。非要吃，宁可委身茶叶，香消色淡，不愿入了庖厨，下了油锅。

出了云南，就少见吃茉莉花了。在最大的茉莉花产地福建，茉莉花的作用就是窨茶、窨茶、窨茶。

茉莉花窨茶，由来已久。早在宋朝，已经有人试着往茶里添加香花香叶，而不是像当时流行的那样加各种香料乳脂的，茶瓶煎水，隔空听响，沸水冲点，竹筅击拂，搅出云山雾罩，供人揣摩描绘，是浮花或是乳沫。这种新鲜尝试由黄庭坚写下来，让后人一窥当时人的生活场景：所饮之茶，要不夺茗味，添加香草、坚果，如胡桃、松子、罗汉果、银杏、薄荷、川芎、水苏、甘菊这八样，既有香味，又可厚待宾客；每样加一点，少则美，多则恶。

这与湖南山间乡村的擂茶何等相似，那么是不是可以推论，擂茶是北宋人吃茶的遗风？

到了北宋末年，宋徽宗禀着良好的艺术家的修养，说茶应该什么都不加。他在《大观茶论》里说："茶有真香，非龙麝可拟。"他要是见了加奶加糖的奶茶，大约不知该说些什么了；潘金莲那一盏玫瑰泼卤茶，琐碎得看不见茶叶，在他看来，肯定恶俗不堪。

但宋官家的清贵品格没有延续下来，不过才元代，无锡人倪瓒就已经在用茉莉花窨茶了。他的办法好不啰唆。选用中等细芽茶，放汤罐子里，底下先用茉莉花铺一层，再铺茶一层，再一层花一层茶地层层铺至罐满，用花蜜封口，放太阳底下晒。反复三次，才算晒好。又放进锅中用慢火隔水蒸，蒸到罐子的盖子烫手了，取出自然冷却。然后开罐，倾出茶和花，留茶去花，把茶分三四份用纸包好，再放太阳底下晒。晒的时候还要打开纸包翻动，这样不仅易干，还能让茶叶均匀接触阳光。"如此换花蒸，晒三次尤妙。"也就是说，这样烦琐的程序要反复来上三次，换三次花，才算极品花茶。这样的花茶，耗费何等巨大，非富贵人家有几亩茉莉，不能做也。他的茉莉花茶是蒸过的，这在现在喝惯绿茶如龙井、毛峰、白毫的人看来，是不可想象的。

一晃又过去几十年，在撰写于明朝初年的《茶谱》中，"熏香茶法"就精简了不少：当花盛开时，以纸糊竹笼上层置茶，下层置花，密封，一夜换一回花。如此数日，茶自有香味。写这本《茶谱》的人是朱元璋的第十七子宁献王朱权，他记录下的窨茶法，应该是当时主流社会欣赏的花茶制作方法。

家庭制作就更是简单了，明中期的大文学家屠隆是这样制作茉莉花茶的：把家里刚开的茉莉花采几朵下来，临睡前放在一张扎了几个眼的竹纸上，密封了放在杯子上，杯子里有半杯凉开水。第二天早上用这杯满是茉莉花香气的水泡茶。我觉得这个方子就像小孩子玩过家家，更像是出自《浮生六记》中芸娘的闺中之作，而不像一个大老爷们的玩法。

到了清代，条索状的散茶取代茶团茶饼，欣赏的就是茶叶本身的清香味道。其时京城香片盛行，其法已精简至茶叶用茉莉花拌和而窨。香片在茶中不算上品，不过是京、津、闽人喜欢。闽人喜欢自不待言，茉莉花茶本来就是当地特产，做出来专供京津人士享用。京津两地的茶客喜欢，依现在的说法是其地水质硬，再好的茶叶经这种水一泡，香味也要失去大半。碧绿的龙井搁上半个小时，也会变成红茶。用硬水泡龙井真是暴殄天物，必得借花香带出茶香，才觉得清芬蕴藉、入口清爽。

关于香片，有人说京师人自己也想了办法制作，并不只靠南

茉莉　选自《本草图谱》

方供应。把生石灰研碎放在坛底，铺上两层竹纸，新鲜的茉莉花放在上面，密封。生石灰吸水可保存干花，使其香味不减。等泡茶的时候再把茶叶和干花放在盖碗里，加水冲泡。还有一种叫双窨：茉莉花窨过的茶叶，临卖的时候再抓一把鲜茉莉花放在表面上，花香浓烈，郁郁菲菲。

　　在过去，人们其实并不那么崇尚奢侈，茉莉双窨的茶就算好茶了，如今高级茉莉花茶已经到了九窨的极致程度，倪云林的三蒸茶见了也要甘拜下风。我有个朋友做茶叶生意，店里的招牌茶之一就是"九窨针王"。她卖的茶叶，从四月里精选明前纯芽茶坯，到农历八月茉莉花中香气最悠长的蜜花开放才开始窨茶。下午采摘含苞欲放的花苞，一百斤茶，用花四五十斤，手工不断拌和翻搅，直翻到第二天早上八点才起花烘干，这算是"一窨"。过两三日后第二次窨制……

九窨茶，需时一个月，需花五百斤，工时无数。采花、翻花、筛花全程手工，老师傅讲的是看花的经验和眼力，茶工讲的是熬夜的精力。这种九蒸九晒的极品花茶，有着穿透嗅觉和味觉的功力，花香层层渗入茶骨，清透无比，甜润回甘，老福州茶农自豪无比地称其为"冰糖甜"。

从来茶酒不分家，有茶便有酒，茉莉花除了窨茶，还可熏酒。明代有茉莉酒，其法是选上等好酒大半瓶，新摘茉莉花数十朵扎成一小捆，悬于瓶中，置于酒上，密封瓶口，让花香充满整个酒瓶。过上十天，开瓶。这茉莉香酒做法简单，挑中低度白酒，大可照着一试。

茉莉花酒在《金瓶梅》中露过面。西门庆回到家，听丫头玉箫说李瓶儿和潘金莲在一起吃酒，问吃的是什么酒，玉箫说是金华酒。西门庆就说应伯爵不是送了一坛茉莉花酒吗，去打开来吃。玉箫把茉莉花酒打开，西门庆尝了尝，说正好你娘们吃。西门庆也算是个识家，在外边应酬多，知道什么人吃什么酒，像茉莉花酒这样芳香馥郁的酒，让李瓶儿、潘金莲等女眷们吃正好。

茉莉花茶、茉莉花酒之外，还有茉莉花水。明朝有"茉莉汤"，制法简单易学：在干净的空碗中抹上厚厚的蜜，蜜的厚度要达到倒扣放置不会流淌的程度。把这个碗向下覆在新鲜摘下的茉莉花上，让花香熏一早上。午睡醒来，用这个蜜碗冲调上一碗冰水，凉爽香甜。清代还有"花香熟水"的做法：凉开水浸泡半开的茉莉花、玫瑰花等香花一夜，早上拣去花，用两倍热水冲，自然冷却后就是花香熟水了。

在这样清润蜜甜的茉莉花的薰风下，再说什么鸡蛋炒茉莉花，便嫌煞风景，味重油腻，算不得高妙。不妨做一道香辣泡椒茉莉花。采新鲜的茉莉花苞，配上鲜红的朝天椒，加盐自然发酵，成为一味水腌菜或泡菜。腌成后的茉莉花花色不变，白苞绿萼与红椒碎相映，色彩缤纷，味道更是酸爽刺激、开胃下饭。因是腌菜泡菜，口味略咸，不过用作调料蒸鱼、炒饭、炒鸡丁、熘虾仁，都极佳。

我试着用它来蒸三文鱼，竟也不错。做法实在简单：把泡椒茉莉花带汤汁放在三文鱼上——这汤汁够咸，不用另加盐了；有泡椒去腥，姜片料酒都省了——上笼蒸熟，取出点缀几粒葱花。三文鱼是极易熟的，肉质松、纤维粗、容易入味。就这么简单料理，便能吃到极富创意的泡椒茉莉花蒸三文鱼了。

或者，用丝瓜蒸，成菜十分漂亮。丝瓜碧绿，茉莉花白，辣椒碎红，味道咸辣清鲜，夏季最宜。

亦舒师太的那一枝姜花

　　姜花是随着亦舒的小说进入内地文艺女青年的视线中的。在小说《两个女人》里，中年男士施扬名在电视台制作部任职。他的妻子陈美眷是一个热闹世俗的美丽女人，插花要插鲜艳的五色缤纷的，烫爆炸头，穿花衣服。而他公司里新来的广告部主管任思龙则是个文艺女青年，浑身上下只穿白色，长头发梳一个髻。

　　有一回，施扬名走进了任思龙的香闺。大大空空的海边房子，雪白的装修，茶几上放一只水晶瓶子，里面插着大蓬的姜花。

　　　　蝴蝶形的白花散着妖冶的香味，最最冷艳的颜色是白，你永远不知道纯情底下是什么，引人遐思。

　　施扬名在这样的环境里明白了，他的爱已经变道、转向，美眷不再是他的如花美眷，思龙则真的是他思念的白衣仙子小龙女。

　　这一切与他俗艳的妻子形成强烈的对比，他的一颗文艺心不知不觉为这个姜花一般的女人倾倒。他开始不可遏制地思念，身不由己地思念。他想到那日任思龙家中的姜花，"思念之情无以复加，不能控制"。

　　姜花就是这样与亦舒与思念联系得紧紧密密，缠得人透不过气来。被姜花那妖异的香氛所迷惑，我从此不由自主地臣服于它。

在网络兴起的 2000 年之后，亦舒小说成为一时之流行。在她的小说里，随处可见姜花的影子。受她的影响，有一大拨女文青的文字中都带了姜花的香味。有一个东北的女作家为自己的散文集子取名，就叫《姜花那么凉》，一股浓郁的亦舒气息。

现在，姜花早已不稀奇了。黄昏时分，吃过晚饭，去逛街，有花农推了自行车在人行道上叫卖，车后座一边挂一个白铁皮桶。半桶水，一边是白菊，一边是姜花。问价几何，一元一枝，廉价到不可想象。买一枝回家，插在瓶里，可以连续开上一个星期，每天都有一朵白色花苞探出来，蹿高，长长，慢慢打开花瓣，开成一只白蝴蝶，栖在桌上的花瓶里。有风吹过，长长的花蕊微微颤动，就像蝴蝶的触须。

在有些地方，姜花就叫蝴蝶花或蝴蝶姜。

在盛产姜花的地方，比如台湾和广东，除了欣赏姜花的美丽芬芳，人们也把它作为食材来烹饪。也只有在热带亚热带地区，才可以这么奢侈。

姜花入馔，少不了的做法是煎蛋。采新开的花，打散蛋液，两者混合，放进油锅里煎出一个蛋饼来。有基础烹饪手艺的人都可以做出这个菜来，区别在于舍不舍得。是供在瓶里看和闻，还是一盘子炒掉十几二十几朵花。

姜花未开的花苞细如火柴，吃上去稍稍有点清苦，这个时候采下来嫌早。等开到一半，花瓣都张开了，吃起来香而滑嫩，比黄花菜好吃。许多花入馔，熟了之后香味消失，但姜花的香味仍在花瓣里，一咬之下，花香布满整个口腔，滋味之好，美妙绝伦。

除了炒蛋，姜花也可用来做汤。这是粤菜的做法，菜名叫作"上

姜花　〔比利时〕约瑟夫·雷杜德　绘

姜花

汤野姜花"。粤菜中说的上汤，并不一定是指上汤、高汤、顶汤、清汤等等用老母鸡和筒骨熬的浓汤。皮蛋剥壳，切成六瓣或八瓣，用少许油煎香，加水煮开，放进各种蔬菜。依菜的不同，有上汤西洋菜、上汤菠菜、上汤豆苗、上汤娃娃菜等，当然也有上汤野姜花。照上述步骤，嫩煎皮蛋加水煮开后，加盐调味，放姜花一滚即起。汤浓花香，实乃佳肴美味。

因为姜花受欢迎，种植面积随之增加，姜花菜式也多了起来。粤菜馆子近年来开发了不少姜花菜式：姜花石斛炖肉汁、姜花炸奶、姜花金丝球等。

除了广东人，台湾人也是吃姜花的高手。台湾新北市的双溪，有个茶庄推出姜花宴，设计的菜式除了姜花炒蛋和姜花汤，还有一道姜花饭：在煮好的米饭上放姜花一焖，米饭的热气熏蒸出姜花的香味。光是这米饭就可以吃上三大碗。还有姜花狮子头，把姜花拌进肉馅中，做成肉丸子蒸熟，消减不少大肉丸子的油腻。

在新竹县的内湾，当地山民旧有用姜花的根茎来代替生姜的做法。把姜花根从泥土里挖出来，清洗干净，切成薄片，一层盐一层姜花根片放在大口瓶里腌渍，至少六个星期才能得到需要的味道；取出晒干，磨成碎末，当调味料用。晒干磨成粉的姜花根末棕黄色，是当地出产的客家萝卜干里必要添加的一味作料。还有种姜花粽子，用姜花的叶子做粽叶。姜花的叶子长长的，且足够宽大，包粽子十分合适。粽子馅料里有肉、香菇、虾仁、蒜头等，加入姜花根末和姜花，再用姜花的叶子包成粽子，蒸二十分钟，等米香、叶香、肉香全融在一起就好了。用姜花叶子来包粽子，里面馅料里放上姜花根茎，这是何等高妙的手法。怪不得姜花粽子一经推出就大受欢迎，凡是到那里的游客都会带上几只回家分赠亲友。

需要说明一下，姜花不是做菜烧鱼炖肉时用的老姜的花，而是姜花的花。姜，习惯上称老姜、干姜，食用的是地下的块茎，为姜科姜属植物；姜花，花极其美丽芳香，为观赏花卉，是姜科姜花属植物。

我第一次看到姜花是多年前在深圳。当时，我常去一家花店买花，买过一盆巨大的波士顿肾蕨，还有垂挂的铺地锦竹草，还有大岩桐、铁十字海棠、网纹草等。卖花姑娘看我总捧她的场，便送了我一枝姜花。她说："刚运到，新鲜呢。"

就这么一枝姜花，才开了一朵，我轻轻凑过去闻了一下，立即被香得晕头晕脑。这香味浓而不闷，清而不淡，悠而不远，凉而不烈。

　　姜花给人的感觉就是凉——凉爽，凉津津的。姜花花瓣雪白，花形美丽，花托碧绿似炬，放在透明的玻璃瓶里，就是一幅画。白与浅绿的搭配，给人凉意袭来的感觉。似乎这花就该开在冷气调得低低的空调房间里，关着窗，于是一室的姜花香。

　　姜花就该这么凉。

与旱金莲共舞

法国有首儿歌，名字叫《在旱金莲花田里跳舞》(*Dansons la capucine*)。

法语中的 capucine 作为名词，是指旱金莲。旱金莲的花是鲜艳的橙红色，capucine 又有橙色之意。此外，capucine 还有一个意思是环舞，一群人手牵手跳环形舞。因此这首儿歌名更为准确的译法是《来和我跳一支环舞》，当然浪漫一下，译成《在旱金莲花田里跳舞》也没问题。

"旱金莲"和"环舞"在法语里是同一个词，也许是因为旱金莲漏斗状的花冠形如一只杯子。中文正式名为旱金莲，则是从它的形态来命名，它的叶子像小型的莲叶，花色橙黄如金，生长在地上；旱、金、莲三个字，十分准确地抓住了它的特征。

旱金莲原产南美的秘鲁、巴西等地，安第斯山区的原住民发现它的块茎里富含淀粉，于是大规模种植，收获以充饥。随着地理大发现时代来临，这种在安第斯山区被当成土豆一样食用的植物被带到了欧洲，非常适应欧洲凉爽的气候，在那里长得蓬蓬勃勃，得到人们的喜爱，阳台上、窗台上、花坛里、路边到处都有。旱金莲从六月初夏一直开到十月金秋，地栽蔓延一片，盆栽悬挂披散如瀑，花又多又密，还不需要精心管理。这样的花，谁能不

旱金莲　〔比利时〕约瑟夫·雷杜德 绘

喜欢呢?

　　在法国,旱金莲还得到了画家的青睐。画家们钟爱它艳丽的颜色,常形诸图画。印象派画家古斯塔夫·卡耶博特的代表作就是《旱金莲》,甚至印象派差点成了"旱金莲派"。

　　那是 1874 年,十四位印象派画家要举办第一届画展,他们觉得需要取个标新立异的名字,以彰显自己和代表主流审美的学院

旱金莲

派不同。当时莫奈正为旱金莲痴迷，在家里大量种植，还画了《蓝色花瓶里的旱金莲》。邻居古斯塔夫·卡耶博特常和莫奈交换花种，讨论种植技巧，也画有《旱金莲》。埃德加·德加便提议不如就叫"旱金莲画派"。这个提议，有人赞成有人反对，七嘴八舌争论一番，最后放弃了"旱金莲"，改用"印象"。这个词原是记者们嘲笑莫奈的，说莫奈的《日出·印象》是凭印象胡乱画的，要在清晨这么短的时间里画出光影变换来，只能是凭空想象了。画家们觉得这个词不错，他们就是凭印象画，就有了后来引领风尚的"印象派"。

欧洲人种旱金莲，不单是为了欣赏，还把它当成蔬菜。旱金莲是夏日沙拉的主要食材。他们吃旱金莲吃得挺全乎，花、嫩叶、芽尖、种子，都吃，拌进沙拉里，得到不同的口感。旱金莲的花有辛辣味，叶子和嫩芽有芥末味，种子用醋腌渍带酸味，和生菜叶、樱桃萝卜片、熟鸡蛋丁、烤过的法式长棍面包碎拌在一起，撒一把山羊奶酪，淋上初榨橄榄油，又酸又辣又冲，口味丰富，色彩缤纷。这一盘沙拉就像一幅印象派画作。

中国虽然早就引种了旱金莲，却从来没想过要吃它。以中国人对食材选择之宽泛，居然不吃旱金莲，也是蛮奇怪的。不过近些年受外来饮食习惯的影响，已经有人开始尝试旱金莲的味道：拌沙拉时去阳台上摘几朵旱金莲花、几片旱金莲叶子，点缀一下；或者像三色堇那样，做甜点上的装饰花；或者洗净晾干，拌进鲜奶油或黄油里，抹在面包上。

这都算不上有创意，还是效仿欧洲人的做法。某天，我看到有人用蒸菜之法做旱金莲花，这才觉得，这种外来之花在食用上总算是本土化了。所谓蒸菜之法，就是把紫藤花或洋槐花等食材洗净，晾至半干，拌上面粉，让每一朵花都均匀地裹上一层干面粉，再上笼蒸熟，吃时浇上酱油、醋、葱蒜汁、芝麻油、辣椒油等。

这才是古老中国的民间饮食风格，什么花啊叶啊，再美都要做熟了吃；蒸得形消色败，也毫不怜惜，只求好吃。按照这个路子，迟早会有旱金莲猪肉馅饺子、旱金莲云腿馅鲜花饼、旱金莲皮蛋上汤、旱金莲爆炒香螺片等菜式创作出来，最后再来一盅旱金莲海带绿豆沙收尾，完美之极。

只有那夜来香

　　1944年初秋一个深夜，上海百代唱片公司，音乐家黎锦光先生在录音棚里为北平来的京剧名旦黄桂秋录制唱段。上海初秋，俗语有"桂花蒸"一说，燠热一如盛暑时节。为免杂音干扰，录音棚不设窗，里面密不透风，闷热难当。黎先生趁录音间隙，出棚小憩纳凉。忽有夜风吹来，带来一丝凉爽，风中更是带着花香——楼旁一丛夜来香正在盛开。黎先生休息片刻，返棚完成工作，回家后想起夜风中的花香，一时灵感闪现，写成一曲，名为《夜来香》。

　　歌词写道："那南风吹来清凉，那夜莺啼声细唱，月下的花儿都入梦，只有那夜来香，吐露着芬芳。"歌词清新脱俗，曲调活泼欢快，由当时著名的日籍明星李香兰演唱，这首歌一夜之间红遍上海的大街小巷。

　　夜来香这种植物，说起来人人熟悉。只是时至今日，在《夜来香》这首名曲的诞生地上海，街头巷尾，楼旁屋角，甚少见到夜来香。

　　但在闽粤，夜来香却是顶常见的花。夏天，太阳西下之后，暑气消退，凉风送爽，广府人家老老少少冲了凉，趿了木屐，拿了蒲扇，出门乘凉。深巷里，楼角的夜来香开了，随着蒲扇一下一下摇动，花香也一阵一阵送入鼻端。大家讲几句古，评论几则新闻，等睡意上来，含混着道了别，在带着花香的夜风里慢慢回家。

木屐的踢踏声在长巷里清亮地响起，又远远地消失……

第二天清晨，去市场买来新鲜的筒骨、两三年的老母鸡、小个的冬瓜、大虾，再在巷口的烧腊铺宰半只火鸭，拿回家切的切剁的剁，煲起老火汤来；再泡发了江珧柱，剥出了鲜莲子，将云腿切细丝、猪肉切薄片、大虾剥去壳；等老火汤靓起来，放进江珧柱丝、莲子、猪肉片、净虾仁再煲，最后撒上云腿丝。这时候，吩咐家里的小女儿，去门口摘两串夜来香。

等到家人回来，煲了几个钟头的冬瓜盅端上桌，揭开瓜蒂，把准备好的夜来香花推进去，略搅一搅，盛出几碗来，一人喝一碗海鲜冬瓜盅汤。这一碗老火靓汤里，最清鲜香甜的，就是最后放进去的夜来香花。广府俗语说"大暑小暑，有米懒煮"，天气太热，吃不下饭，这时候喝一碗夜来香冬瓜盅汤，足以唤醒疲倦的胃。

至迟在清中后期，广府人就以夜来香入馔了。清人孙枟的《余墨偶谈》刊于同治十二年（1873），书中写道，当时粤西人多取夜来香入馔，风味清美；一日，他与朋友酒楼小饮，席间即有夜来香菜品，朋友说"夜来香"三字难对，他一眼看到旁边有一盏春不老，拈起作对。春不老即雪里蕻，常作腌菜食用。"春不老"对"夜来香"，确实工整。

夜来香在广府常被称作夜香花或夜兰香，是夏季常见食材。附近农村一亩一亩地种，菜市场里一筐一筐地售，城内人家半斤几两地买。买回家先用淡盐水浸泡，再摘去花梗花蒂，只用花筒花蕾，滚汤也可滚粥也可；炒鸡蛋也可，做皮蛋汤也可；炒虾球香甜，氽肉丸鲜嫩；蒸海鱼去腥，蒸肉饼添味；高档的配鲍鱼、花蟹、香螺片，随意的就蒜蓉清炒、豆腐清炖、蟹柳清拌……

夜来香　选自《新渡花叶图谱》

　　寻常一味冬瓜盅，只要最后撒一把夜香花，马上清鲜不腻。
或者来个干焗，有老饕传授其法：砂锅里竹蔗垫底，其上铺腌过
入味的鸡块，再撒上大把夜香花，盖上盖，淋上米酒，大火焗
二十分钟，鸡熟揭盖，香气扑鼻。

　　夜来香白天不香，晚上才香，越晚越香。它靠蛾子传粉，蛾
子昼伏夜出，它也就晚上释放香氛，吸引蛾子来访。除了夜行的
蛾子喜欢夜来香，蚂蚁和螳螂也喜欢它的花香和蜜腺。关于螳螂
喜欢夜来香，晚清冯开还写有小词："妾是夜来香，郎是螳螂。
花花叶叶自相当。莫向秋边寻梦去，容易繁霜。"食用夜来香前，
要先用盐水浸泡十分钟，便是为了去除虫蚁。

　　据载，乾隆帝生母孝圣宪太后喜爱花草，奉宸苑特设御花厂
郎中一人、花匠四十名，专司太后鲜花供奉之事。七月进献的鲜

花名"三清花",是三种香花:茉莉、晚香玉、夜来香。从七月初一到月底,每日必有夜来香十二盆、晚香玉十二盆、茉莉八盆贡呈颐寿轩。夜来香绿叶黄花,本身并不出色,但奉宸苑培植的夜来香,茎软如豆秧,黄花下垂似金灯,叫"倒挂香囊",可惜今已失传。

夜来香在上海、南京可露天越冬。旧时南京到了七月十五中元节那天,游人聚集在清凉山驻马坡一带看烧法船,正好是夜来香开花的时候,回家路上买一串,妇人插在发髻上,可以香一整夜。当时物贱,夜来香数十朵以铜丝穿起来,只需青钱二三枚。

1944年初秋那个闷热的夜晚,黎先生在夜来香的花香里得到了灵感。不知黎先生善不善下厨?也许黎先生当晚随手摘了两串夜来香带回家,第二天上午睡醒了,起来烧一锅菜泡饭,摘下花朵放进去,餐芳嚼蕊,方有此大作:"我爱这夜色茫茫,也爱这夜莺歌唱,更爱那花一般的梦,拥抱着夜来香,吻着夜来香。"

秋篇

一灶秋云煮菊花

洛神如花

　　洛神花是锦葵科木槿属植物。木槿属的花好些都可以食用，比如木槿、芙蓉、秋葵、洛神花。洛神花是台湾的译名，内地叫玫瑰茄。这种花的颜色，就像玫瑰一样，红得发紫，叫玫瑰茄是很形象的。而"洛神花"更是神来之笔。它的英文名是 Roselle，洛神花是音译兼意译，信达雅兼具，完美。

　　我见过生长中的玫瑰茄，未开的花苞深紫红一团，看上去黏糊糊的，完全不想伸手去摸。有的花的花瓣像丝绸，一看就让人心生亲近感，忍不住想抚摸。比如"洛神花"的近亲姐妹木槿花，有的品种名字叫"白绸""中国薄绸""蓝色知更鸟"等，光听名字就可以想象出它们的花瓣是怎样光滑如绸、光泽如羽，有丝泽珠光。而洛神花的花瓣是淡黄色近奶油白，边上微微有点红，光看花，比木槿属的其他花都要逊色，更别提花苞了。

　　洛神花用的就是花苞，不是开放之后的花朵。摘未开之苞，晒干，就是市面上出售的玫瑰茄了。这个看上去不讨人喜欢的干花苞，黑紫黑紫，貌不惊人，抓在手心里还有些戳手，泡出的水却有着玫瑰花一样漂亮的颜色。如果用玻璃的花草茶壶泡一壶洛神花茶，可以清晰地看到一丝丝的玫瑰色从茶隔的缝隙里飘飘荡荡地逸出，像蘸饱的墨，洇满透明的宣纸。那玫瑰红色形成的纹路，

洛神花

如披帛如衣带，翩若惊鸿，婉若游龙。看到这一幕，就明白洛神花这个名字的精准之处了。取名取得太有想象力了，比起玫瑰茄的直白，多了几分婉转和优雅。

　　洛神花原产热带及亚热带地区，公元 1596 年被引进英国，18世纪时就被人们认识并接受，开始作为调味品使用。因含有大量的天然色素，泡出的水鲜红如红葡萄酒，深得西方人士的喜爱，常用来调制饮料，制成果酱、冰激凌和别的西点。内地引进洛神花是这几年的事，因为它的颜色实在让人喜欢。它的味道带酸，调进蜂蜜后，酸酸甜甜的，冰镇之后饮用，大热天喝一杯，舒服到极点。

台湾是从夏威夷和菲律宾引进的洛神花，1911年就开始栽种，称其为植物界的红宝石。他们为洛神花鲜艳美丽的颜色所倾倒，赋予它如此美丽的名字。

在长达一百年的栽种过程中，台湾人发明了许多洛神花的吃法。晒干泡茶是初级阶段；新鲜采下的可以直接用糖渍，做成蜜饯，可以当零食，也可以佐茶；还可以做成各种饮料，浓缩的现饮的，随时随地都可以喝；还可以用来酿酒；洛神花的花萼富含果胶，熬制果酱再适合不过了。

广东人认为洛神花偏凉性，就想出来和姜一起炖煮，收干汁，成为洛神花酸姜。姜暖腹暖胃，用它来佐洛神花，便寒也不怕热也不怕了。

我对于食物只有一个要求，便是好吃，功效什么的并不在乎。一样食物如果不吃上一卡车那么多，传说中的有效成分也就只存在于传说中而已。不过洛神花一向是被当作功效植物来宣传的，那么也不妨说一下它的好处。清热凉血，宁神镇静，利尿解毒，这些是跑不了的；作为颜色这么深的植物，自然是含花青素的，花青素抗衰老，自不待言；含维生素C，美容也是一流的了。作为茶饮，一天两杯，天长日久，肯定有效。就算无效，吃个新鲜好玩，也不要紧。

明月前身

　　一到九月，满觉陇的桂花盛开，半个杭州城就像浸在了糖桂花里，树下是厚厚一层掉落的金黄桂花。采新开的桂花是孩子们最喜欢的劳动，在他们眼里，这不是劳动，而是游戏。大人们在树下张开大块干净的布，用根长竹竿击打粗壮的桂枝。一时间桂花如雨落下，金色的小花簌簌扑向布面，间或有几片浓绿的桂叶被一同打下，在眼前飞旋。金色与绿色交织，欢乐就像这些急坠的桂花，填满每个人的心间。孩子们在周围又叫又跳，笑声震天。

　　打下的桂花放在竹匾里筛，桂花从竹匾的小孔里落下，桂叶和杂物留在竹匾里，轻轻松松就可以筛出大量的干净桂花。这些桂花除了腌糖桂花，还可以做桂花龙井。国庆节后桂花龙井上市，茶香中带着花香，茶汤里浮着桂花。秋季的桂花龙井让清苦的明前龙井有了别样的香韵雅致。茶用春茶，花用秋花，半年的等待，才有这桂花龙井。一春一秋，雨水白露，寒来暑往，节气更换，滋养出龙井茶叶与满陇桂花，西湖边的两大名胜与两大名物就这样相遇了。司空图《二十四诗品》中有两句"流水今日，明月前身"，我向来极为喜欢。而龙井桂花茶，恰好可印证此句。

　　有着明月前身这样飘逸之姿的桂花茶同样有古法。明朝顾元庆著有《茶谱》一书，记载了"桂花茶"的制法：取一瓷罐，一

桂花

层茶一层桂花装满，用纸箬包好扎紧，隔水蒸煮；蒸好后，取出冷却，用纸封裹，置火上焙干。桂花茶的做法和前面提到的各种花窨茶方法差不多，都要把装满茶叶和花的茶瓶茶罐用水蒸煮，让花香充分释放，被茶叶吸收。而现在用花窨茶，不论是茉莉花还是桂花，只是把茶叶和花翻匀，等候一夜，让茶叶慢慢吸收花香，弃花不用。若嫌花香淡，可重复几次。

早些年，经济条件有限，苏州杭州一年难得去一次，沪上人家赏桂，都是去城西的桂林公园。这个公园最早是上海滩的流氓大亨黄金荣的私家园林。园中遍植桂树，有的桂树有百年之老，修剪后长成了大乔木，笔直参天。园前的马路因这个园子而命名为桂林路。国庆节去桂林公园赏桂是沪上市民的传统，赏完桂，在门口小卖部买一瓶糖桂花带回家，是必不可少的。

糖桂花入馔，最常吃的，莫过于糖桂花糯米藕了。中秋后的藕肥壮滚圆，藕间孔粗，切开一头藕节，灌入浸泡过的糯米，藕节覆其上，插牙签固定为盖；入深锅，加水没过，下冰糖红糖，煮三四个小时；加干桂花再煮十到二十分钟，关火，让藕浸泡在糖水里，自然冷却；烹煮中间记得把藕翻翻身，让几个面都浸上糖色；要是能够等到浸渍过夜，则更加美味。糯米糖藕冷食甚佳，比热食更软糯弹牙。第二天早上取出，切片，装盘，浇上蜂蜜桂花糖，佐以龙井茶，这一顿早餐，是颇为考究的了。

这里说的桂花糖是点缀糕点和甜羹用的糖渍桂花或蜜浸桂花，苏式点心中还有中式硬糖，也叫桂花糖。乾隆年间的进士李化楠撰有一部饮食专著，名叫《醒园录》，里面有"桂花糖法"：白糖十斤加热溶化，下粉浆二斤（面粉加水揉成面团，静置出筋后放在水里洗出面筋，洗面筋的水就是粉浆）；糖浆加粉浆煮至冒泡，下桂花卤（糖腌桂花）再稍煮，倒在光滑不粘的案板上，摊开晾凉，剪成小块即成。

这做法一看就明白了，这不就是苏州采芝斋的桂花糖吗？去苏州玩，路过采芝斋，必去买半斤桂花糖、松子糖。这些糖就是用剪刀剪出小粽子形，吃在嘴里又香又甜，一不当心，会被尖角扎破舌头或口腔内膜。粽子糖不知吃过多少，原来是按照这个古法所制。

要说吃花，那么多能吃的花里，桂花肯定算第一号亲民的，入得厅堂，下得厨房。吾有一友是扬州人，扬州人以善吃会做而闻名。她家会做菜的是她父亲，她曾对我说她父亲怎么用糖桂花提升食物的档次：早上吃的南瓜面疙瘩汤里，舀上一勺糖桂花，马上不同凡响。

南瓜面疙瘩汤就是农家家常饭，南瓜切块用油炒过，加水烧开，下调好的面糊，成疙瘩状，煮熟就起锅。这原是农忙时节急就章的做法，上不得席面的，但加了糖桂花，格调便高，从农家食物变身为精致点心。要是粗粮细做，把南瓜压成泥，汤勾成"二流玻璃芡"，面疙瘩下得匀净一点，衬上南瓜蓉金黄的汤色，再浇上桂花糖，颇有意趣。

桂花一物，采摘容易，腌作糖桂花，制作简单，可长期保存，任何时候打开来，都是一股子浓郁的桂花甜香。做糖桂花十分简单，采第二天开放的干净桂花——第一天香气尚淡，后两天花香已散，而一朵桂花只开四天——仔细摘下花梗，不用清洗，用糖层层蜜制，一层桂花一层糖，压紧压实，尽量压出空气，这样才不会变黑变老。有的人在糖里再加点盐，也是可以的。

复杂点的做法，是把新摘下的桂花拣去老梗和杂物，稍稍用

桂花

明 项圣谟 绘

水冲去灰尘，沥干水，放碗里，加两大勺麦芽糖，以增加黏稠度；放一点点盐，再放白砂糖——有多少桂花放多少糖；然后上笼蒸，蒸二十分钟或至糖完全溶化，趁热倒进大口瓶里，拧紧盖，自然冷却。这样做出的糖桂花，杀菌效果最好，能保存较长的时间。

最简单的，是直接往装满桂花的瓶子里浇蜂蜜。蜂蜜的流动性，加上一定的厚度和重量，会把桂花里的空气赶走。黏稠的蜂蜜既能封存住桂花的甜香，又增加了桂花的香甜。

江浙一带一向是爱用桂花入甜食的。苏州人最爱的桂花糖圆子、桂花猪油糕、桂花赤豆汤，要是缺了糖桂花，就少了一半的美味；冬夜里弄堂深处传来的那一声吆喝"桂花——赤豆汤"，是多少人最甜蜜的童年记忆；杭州西湖"平湖秋月"边上那一碗藕粉要没有糖桂花点缀，简直就是婴儿食品。

桂花还可以做糕。林洪《山家清供》里提到"广寒糕"：

采桂英，去青蒂，洒以甘草水，和米舂粉炊作糕。

桂英就是桂花，做广寒糕，要摘去桂花青色的花萼，只取花瓣。这倒不难，花点心思即成。有趣的是，大比之年，读书人为了得"广寒高甲"的好彩头，拿着广寒糕当礼品互相馈赠。

桂酒也是旧物了，《楚辞》中就有桂酒："奠桂酒兮椒浆。""援北斗兮酌桂浆。"东汉王逸《楚辞章句》中说："桂酒，切桂置酒中也。"看"切桂"二字，便知这里的桂不是桂花，桂花何其小，要浸酒哪里用得着切碎？唐之前，桂大多数时候指的是天竺桂，那是樟科的植物，枝叶树皮有芳香，与肉桂一样，入药入馔。

一直到唐宋，桂酒都是国宴级别的佳酿，是用来祭祀的。唐代的郊庙歌辞里说："茁茁兰羞，芬芬桂醑。""桂醑"就是天竺桂树皮浸的酒，而不是桂花泡的酒。

　　但是，苏州桂花冬酿酒用的却是桂花。这冬酿酒只在冬至前一个多星期卖，卖到冬至就下架了，要买，明年请早。装桂花冬酿酒的瓶子是最普通的绿色塑料瓶，大瓶装雪碧那种，如此朴实，但销路奇好。老式食品商店里，甚至有散装零拷的，去排队买的都是苏州本地人，带了自家的各式瓶子，零拷个三斤五斤。冬酿酒保质期短，半个月左右，这就是它上市期如此短暂的原因，就好像夏天的鸡头米、秋天的水红菱一样，一晃即过。

　　这桂花冬酿酒只有三度，甜香绵厚，像是在喝带酒味的甜饮料，喝上十碗八碗也不会醉。但那蜜一样的口感，带着浓郁的桂花香气，喝上一杯，口中尽是酒香。这样的蜜一般的酒，才配得上苏州。

　　拣一个冬至前的晴日，漫步到平江路上，找家小店坐了，要一瓶桂花冬酿酒，斟出琥珀一般色泽的米酒来。喝一口，闭上眼睛，听隔壁昆曲博物馆传来悠悠的曲笛声，衬着旦角婉转的念白，真南面王不易也。

雪霞羹

宋林洪《山家清供》中记有"雪霞羹",做法很简单:

> 采芙蓉花,去心蒂,汤瀹之,同豆腐煮,红白交错,恍如雪霁之霞,名"雪霞羹",加胡椒、姜亦可也。

这个芙蓉,指的是木芙蓉,秋天的代表花卉之一。天气不太热的年份,八月初就开了,立秋时分就可以看到。

常见木芙蓉有白色的、粉色的,单瓣的、重瓣的,瓣重得十分厉害的,叫四面花,又叫转观花。芙蓉花有个品种叫醉芙蓉,第一天粉色,第二天转深粉,第三天变嫣红。到嫣红色的时候,花已经将谢,收缩成一个团,恍惚间看去,以为是未开的花蕾。于是一树之上,粉霞片片,嫣红朵朵,衬着扇面大小的碧绿叶子,自树顶开至下部,缤纷可爱。

说回"雪霞羹",新采的芙蓉花,摘去花蕊和花蒂,和豆腐一起煮。加胡椒应该是为了提味兼去豆腐腥气,过去的豆腐都是卤水豆腐,豆腥气略重。我在做豆腐时喜欢先把豆腐煮一下,水里还要放点姜末和盐,一来去豆腥气,二来入底味。

到了明代,高濂在《遵生八笺》中也记载有相似的菜谱:

芙蓉　选自《梅园百花画谱》

　　采花，去心蒂，滚汤泡一二次，同豆腐，少加胡椒，红
白可爱。

　　注意，和林洪的做法不同，这个菜不是汤菜了。把花用滚开
的热水泡一两次，放豆腐，加胡椒，那就是芙蓉花拌豆腐，是个
凉拌菜。芙蓉花这样薄绡一样的花瓣，要是下锅去煮，免不了色
褪香淡，也只有这样开水一烫就得，才可以保持它粉嫩的色泽。
　　凉拌豆腐是多么家常的菜啊，只不过，我们日常不是用小葱拌，
求个"一清二白"，就是用皮蛋拌，求的是口感丰富。爱吃虾皮
的人可以再加一小撮虾皮，不怕麻烦的人可以再放一把压碎的花

芙蓉

生米、核桃仁；要颜色鲜亮可以加红油，要味道鲜美可以加高汤；追求健康的用橄榄油，追求刺激的加油辣子；格调高的现做刀口花椒，喜爱蒜香的现炸蒜蓉……总之完全看做菜人的心情，什么都可以往里加，豆腐有着海纳百川的胸怀。但是，很少有人会去庭院里采几朵芙蓉花回来，洗净撕碎了，拌在豆腐里，怀一下古，抒一下情，娇爱一下自己，浪漫一下日子。

木芙蓉又叫木莲，白居易《木芙蓉下招客饮》诗曰：

晚凉思饮两三杯，召得江头酒客来。莫怕秋无伴醉物，水莲花尽木莲开。

在江边邀友小酌，用什么来下酒呢？可惜这芙蓉花只是用来看的，要是在江边停了一艘船，船上有老仆或小童一名，扇得炉热，煮得水滚，烫一块老豆腐，摘两朵芙蓉花，加点盐和胡椒粉一拌；对秋水长天，赏芙蓉花鲜，沽半壶老酒，浇胸中块垒，这才惬意呢。

木芙蓉开时，一树粉花，甚为壮观。《群芳谱》里记载了一个故事：有个姓许的老人，家里有木芙蓉二株，方圆可达一亩余，盛开时粉花堆叠，如垂天的云霞。如此盛景，当然要请人来观赏。这天宾客盈溢，客人中有个冒失鬼说这所有的花加起来不会逾万，若是超过一万他情愿受罚。许老人受不得激，当即击掌为约，命家里所有的仆人出来采花，采下后计数，有一万三千余朵。

这许老人为了和一个妄人打赌，硬是让仆人采尽这两树的花。采下来难道就白糟蹋了？晒干了卖给药店倒不失为一个好办法。《本草纲目》说芙蓉花入药，治一切大小痈疽、肿毒、恶疮，能消肿、排脓、止痛。

当然，还可以卖给酒家饭店。我有一年十月初去武夷山玩，住在景区外的三姑镇。晚上找地方吃饭，只见一家家的饭店门口都摆开了长桌，一样样山珍野菜放在桌上。在这里，我见到了城里少见的菌类，有长得像珊瑚一样的猫爪菇、金黄色的金菇、玫瑰红的红菇……另外，差不多每家餐厅的冰柜里，都有鲜芙蓉花出售。我问店家怎么做，回答是清一色的炒蛋。这个答案丝毫不出我的意料。

既然古书上给出了菜谱，那就照着做一个雪霞羹。

选卤水豆腐一块——三十年前还没有内酯豆腐呢，既然是古方，要用就用卤水豆腐——入开水锅（开水里加少许盐和胡椒）内稍煮，一来杀菌，二来去豆腥，三来入底味。略煮两滚，小心别煮出蜂窝洞，那样就过老了。豆腐捞出，放凉。洗净手，将豆腐掰成小块，这样做的目的是尽量增加豆腐的表面积，凹凸不平的表面更容易裹上调味料。用鲜汤半碗作底料，加盐、花椒油调和，倒在豆腐上拌匀。新开芙蓉花几朵，摘去蕊柱和花蒂，洗净，撕成小片，烧滚开水烫一下，撒在豆腐上，吃时再拌匀。为了更加好看，可以略加几粒葱花作为点缀。

这个菜很家常，豆腐和木芙蓉易得，在芙蓉花开的季节，不妨多吃两回。

大地的苹果

　　洋甘菊这个名字，一听就是来自西洋。中国原产的甘菊类植物有两种，一种是甘菊，一种是小甘菊。虽然甘菊和小甘菊只相差一个字，好像只是花大花小的区别，但实际上却差得颇远。

　　甘菊是菊科菊属，小甘菊是菊科小甘菊属。洋甘菊却是春黄菊属，加个"洋"字，以区别于中国原产的甘菊和小甘菊。

　　中国原产的小甘菊如今在日常生活中使用得不多，不像杭白菊、滁菊、亳菊、野菊那样用来泡茶。它现在也就是在中药里占了丁点地方，《中华本草》说它"清热去湿"，主治"湿热黄疸"，但主治湿热黄疸的药多了去了，它因此寂寞了很多年，还将继续寂寞下去。但甘菊和小甘菊之所以叫"甘"菊，就在于它们和常见的苦味的菊花比，比较甜。《明一统志》说甘菊"味甘美，异于他菊"。

　　在古代，甘菊才是正宗的食用菊花，称"真菊"。陶弘景曾说菊有两种：一种茎紫气香味道甘甜，嫩叶可做羹，是真菊，也就是甘菊；一种茎青株大，气味像蒿和艾，味道苦不堪食，名叫苦薏，不是真菊。在陶弘景生活的年代，真菊的叶子是可以做汤羹的。而现在我们常见的有蒿艾香气的菊花当时叫"苦薏"，陶弘景说它味苦不堪食。薏本来是指莲心，莲心之苦，世人皆知，不必多说，在"薏"字前再加"苦"字，可见这种菊花苦得淋漓尽致。这种苦味的菊花，现在我们叫野菊，有的地方还在当蔬菜食用，叫作菊花脑。南京人甚为喜爱，吃法多为打蛋花汤。

宋朝人也吃甘菊，吃法尤合现代人的口味。南宋林洪《山家清供》里有菜谱："春采苗叶，洗灼，用油略炒，煮熟，下姜、盐羹之，可清心明目；加枸杞叶尤妙。"采嫩苗叶，洗净焯水，用油略炒，加水煮熟，放姜、盐、做成羹，最好加一点枸杞叶。

北宋王禹偁则是用甘菊汁和面，做成"甘菊冷淘"，冷淘就是凉面、冷面。他写诗道：

淮南地甚暖，甘菊生篱根。长芽触土膏，小叶弄晴暾。采采忽盈把，洗去朝露痕。俸面新且细，溲牢如玉墩。随刀落银缕，煮投寒泉盆。杂此青青色，芳香敌兰荪。（宋·王禹偁《甘菊冷淘》）

初春，甘菊发芽长出新叶，采一把来，洗去露痕，拧出汁和面，揉匀了擀薄了，快刀切成银缕，煮熟了过冷水。这样一碗面，颜色碧绿，比兰草（兰）、菖蒲（荪）都要香。

王禹偁的朋友、老饕代言人苏轼去看望好友陈季常——这位陈兄就是传说中和夫人柳月娥上演过一出"河东狮吼"好戏的那位。苏老饕在陈家吃了一顿饭，写了一首《春菜》诗，细数了陈季常家乡春天的山野菜：

蔓菁宿根已生叶，韭芽戴土拳如蕨。烂蒸香荠白鱼肥，碎点青蒿凉饼滑。宿酒初消春睡起，细履幽畦掇芳辣。茵陈

洋甘菊

　　甘菊不负渠，鲙缕堆盘纤手抹。

　　这首诗中写了好几种山野春菜：蔓菁、韭菜、荠菜、青蒿、茵陈、甘菊。茵陈和甘菊是种在园子里的，可以早上宿酒初消就去采。从这首诗看，陈夫人待客还是很大方的。

　　这种被称为"真菊"的甘菊，得名是因为"气香而味甘"。闻过甘菊花喝过甘菊茶之后，就会明白，它真的是连香味都带着甘甜的。气味芬芳甜蜜，和现在代茶饮的药菊的清苦气息全然不同。不知为什么，现在甘菊少见，全是亳菊、杭白菊、黄山贡菊这一类。估计和明以后喝茶的习惯改变有关。明以前喝团茶，茶里可放各种香料果子蜜饯等。明中期后，茶为散茶，饮用方式为清泡，药菊的清苦味道恰和清茶的气质相符。

　　冲泡方式的改变，决定了甘菊在当今的没落。在明朝，甘菊是用来吃的，春食其叶，夏食其花。《本草纲目》中说："嫩叶及花皆可炸食。"炸食者，面拖油煎也，和春天的香椿鱼儿、花椒芽一个做法。

　　古人也用甘菊芽来煮粥。明朝高濂是养生专家，他把甘菊新长的嫩头和新叶洗净细切，加盐，和米煮粥，称这粥清目宁心。我觉得甘菊煮粥大可不必放盐，甘菊本身的甜味就可以让一碗白米粥变得清香甘甜，要是加点薏米、莲子、芸豆，那就是现成的甜品。他也吃油炸的，吃得考究点，粉用的是山药粉，水用的是甘草水。

　　到了清朝，就只能偶尔看到甘菊的影子了。顾仲《养小录·餐芳谱》里有提到甘菊，是和一众香花香草一起蒸露，只是厕身其中而已。

　　如今甘菊少见，洋甘菊倒常有。我家种了两棵洋甘菊，日常冲泡足够用了。洋甘菊的甜味是一种淡淡的带花香的甜，是菊花的清香加上香草的甘甜，甜得很淡雅恬静，有甜的味道，却清爽解渴；没有甜得只剩下甜的霸道，不像放了糖的甜饮料，越喝越渴。夏天喝一杯洋甘菊茶，会让人舒服到想深呼吸一口，闭上眼睛，像回到了春天的田野，有草木的香气，清风徐来，烦热尽消。有一种苹果洋甘菊，叶子有苹果的清香，可用来泡茶。或者，将干燥的叶子放在室内，就如同摆放了苹果、橘子等"闻果"，自然甜美的水果香气好闻之极。

　　地中海沿岸作为洋甘菊和春黄菊的原产地，一向有使用洋甘菊、春黄菊的习惯。熏香、药用加美容，生活中的方方面面都会有它们的芳踪。传说埃及人将白花春黄菊献给太阳，推崇其为药用植物之首，因为它有苹果香味，誉之为"大地的苹果"。

在中世纪，瘟疫的阴影始终存在，修道院和庄园因为地处郊外，空旷通风，环境和卫生条件都优于城里，一旦发生流行病，就成为避难的所在。因此这些地方经常会种植大量的药草，以备不时之需。春黄菊就是这众多药草之一。

安徒生是春黄菊的知音，于是，阅读的孩子仿佛在春黄菊里睡过觉，做过甜美的香梦：悲伤的诗人握春黄菊在手里，赞叹说阳光使它娇美，空气使它呼吸；蝴蝶向春黄菊咨询过爱情难题；小鸟从春黄菊那里得到过死前的最后安慰。春黄菊在童话里吐露芬芳，温暖爱抚充满童真的岁月。那些孩子长大后，如果有一天，成了失意的成年人，坐在浩瀚无边的城市一角的椅子里，被孤独和痛苦包围，这个时候他的目光假如落在一朵水泥缝里的春黄菊上，但愿他会像那个悲伤的诗人那样，从春黄菊美丽芬芳的花朵那里得到安慰——阳光给人生机，空气让人呼吸，生活多么美好。

且持金盏

海鲜饭，大家最熟悉的是西班牙海鲜饭。做法各家不同，但都要有大量的海鲜如贻贝、墨鱼、海虾、蛤蜊等，肉类用鸡肉，蔬菜是青红椒、豌豆、番茄、洋葱，炒时可加入西班牙辣味香肠(chorizo)以及辣椒粉；此外，少不了的还有藏红花和西班牙米。

最好是选用西班牙 bomba 米，或者意大利 arborio 米，都是短粒米，瓷白，不透明，黏而不糯。找不到这两种米的话，可以用寿司米代替，再不行就用东北大米，千万不能用长籼米。

西班牙海鲜饭里必不可缺的是藏红花。藏红花，《本草纲目》称其为番红花，有的地方也叫它西红花，原产欧洲南部，我国各地均有栽培。我国古代的番红花是从印度经西藏进入内地的，因此叫藏红花。番红花是鸢尾科番红花属植物，入药部分是花朵中的花柱及柱头。一朵番红花，可用的部分就是一根花柱三个柱头。一千克干制藏红花有大约两千多个柱头，而一亩地的产量也就一千克左右。因此藏红花的价格历来都非常高，比黄金还贵。

美剧《妙女神探》有一集讲的是一起厨师谋杀案。大厨坚持用最好的食材和原料，而二厨却把他们研制的沙拉汁配方偷偷卖给了大公司。配方里最主要的一味食材就是藏红花，大厨用的是2000 美元 1 千克的藏红花，二厨替换成 10 美元一瓶的转基因藏红花。为了赚到这笔钱，二厨非杀死大厨不可。

我查了一下，目前，暂时还没有转基因藏红花。不过，由于藏红花价格高昂，为牟暴利以假乱真者大有人在。中国有用草红花冒充藏红花的，草红花的价格只有藏红花的一个零头，五六十元就可以买一千克。草红花就是红花，又叫红蓝。古代染红色织物，就用红花。红花是菊科植物，产量可观，比藏红花便宜也就理所应当了。而红花与藏红花名字相似，干制后形貌也相像，被用来混淆视听也在意料之中了。

做西班牙海鲜饭，如果嫌藏红花太贵了，又怕花了大价钱买来假充藏红花的红花，那么，不妨自己寻找替代品。与其不明不白受骗花冤枉钱，不如改弦易辙另想出路，我这种精打细算的主妇就是这样干的。

可以替代藏红花的是金盏花，也叫金盏菊。金盏花向来入馔，《救荒本草》中说其叶味酸，"采苗叶炸熟，水浸去酸味，淘净，油盐调食"。

金盏花的叶子软嫩，茎柔脆，不但是中国古人的盘中餐，也是欧洲人的沙拉食材。他们的吃法更简单，新鲜采下的嫩叶，洗一洗，和西红柿、洋葱、芝麻菜等一起拌，加奶酪和橄榄油，考究的放点烤过的松仁；要是再放点掰碎了再烤过的面包块，就是凯撒沙拉。

金盏花的花同样可以吃。最简单的就是泡茶喝，取晒干的金盏花开水冲泡，静置三分钟，就可以喝了。金盏花在晒干之后也能保持鲜艳的橘黄色或橘红色，作为可以染色的天然食材，把干花瓣加入食物中，可让食物染上花的颜色，增加花的香气。这与藏红花在西班牙海鲜饭中的作用是一样的。没人会把西班牙海鲜

番红花 〔比利时〕约瑟夫·雷杜德 绘

金盏花 选自《本草图谱》

饭中的那一克藏红花当药膳来吃，吃的就是它带来的鲜艳色彩和美妙香味。这两点，金盏花都能做到。

金盏花原产地中海、西欧、西亚一带，在欧洲十分常见。它是菊科金盏花属植物，同属有二十余种，中国引种栽培的只有一种。这一种在明朝初年就被朱橚收录在《救荒本草》中，也就是说，它至迟在元朝就进入中国了。金盏花的拉丁名是 Calendula officinalis L.，而 Calendula 来自 Calends（罗马古历初一）。据说人们在初一的这一天看见金盏花开，因此用初一来为它命名。

它的花朵盛开时是太阳一样的金黄色，象征着大年初一的新鲜太阳。对于崇拜太阳神的古罗马人来说，它就是太阳之花。

用金盏花来代替藏红花做西班牙海鲜饭，那是一点不掉价的。

鸡腿一个，去骨切小块，加少许盐和胡椒入底味。贻贝、蛤蜊用白葡萄酒煮至开壳，留几个带壳的，剩下的去壳留肉。虾开背去虾线。所有蔬菜切丁。洋葱、大蒜切末。分量嘛，随意。

开火，烧热平底铁锅，加橄榄油烧至五成热，下鸡腿肉煸至金黄色出油，放洋葱蒜末炒出香味。放免淘洗的大米，炒匀，加干金盏花花瓣一把炒出颜色，放蔬菜翻炒均匀，加盐和胡椒调味。这个时候可放辣味香肠和辣椒粉，炒匀再加各种海鲜，勿翻，加刚才煮海鲜的汤汁，汤不够的话加水，没过所有食材并高出一个指节。煮开，转小火，盖上盖子焖至饭熟。可以关火继续焖一会儿。

这个时候，可以切一个柠檬、一小撮欧芹。揭开盖子，摆上柠檬角，撒上欧芹叶，分盛到盘子里。吃吧。

优钵昙花岂有花

　　第一次看到昙花，是在上初中的时候。有同学神神秘秘地对我说："我家的昙花今晚要开花了，要不要来看？"我说："要的要的。"晚上就去了她家看昙花。她父母很客气，并不因为是女儿的同学而怠慢，陪着说会儿话，拿出零食，然后离开，到房间里去看电视，把小客人留在阳台上。

　　我和小伙伴一边做作业一边等花开，偶尔聊几句。到了十点多，猛闻见香气袭来，开始还在奇怪香气从何而来，随即醒悟是昙花。抬头一看，昙花打开雪白的花瓣，硕大的花朵颤巍巍地喷出香氛。那香氛是如此浓烈如此馥郁，几乎可以触摸到一般。花朵无风自动，是被花瓣张开时的弹力所震晃，这轻微的晃动又促使香氛向外涌出。把头凑过去细看细嗅，香氛直扑到脸上来。

　　这是平生第一次被一朵花的绽放打动，美到如此地步，也只有昙花了。很少有花可以在短时间里看到开放过程，因此昙花才尤显珍贵。人们赋予了它"昙花一现"这个词，动感十足，仿佛是用文字表现 GIF 动态图。

　　昙花开的时候，香气在静夜里散开，香得妖异，花也开得妖娆。家里种了一盆昙花，每年必开两三次。从八月到十月，不知道它什么时候心情好了，趁人没注意，就探出仿佛淡紫红色丝线缠绕的花苞，两三天里长出好长，每次看都比前一次更长一点、更大一点。由花苞的长短和膨大程度可以估算出今晚会不会开，是否该打电话约亲友来赏花喝茶消夏，是否要准备零食茶点，是否要去一趟超市先买好"飞机骨"，等明天一早就煲汤，以免花残香消。

夏天的夜晚，凉风悠悠，正适合清谈。这样的天气，一碗清淡的"飞机骨"煲昙花汤才是时令菜。喝别的汤未免太油腻。

"飞机骨"是俗称，指排骨旁边的薄骨头，比排骨要薄上一些，肉因此更嫩，不用像煲龙骨（脊骨）、排骨那样三四个钟头才行。"飞机骨"是可以和萝卜、玉米这些易熟易烂的食材一起下锅的骨头，用来煲昙花正好。买几块钱的，巴掌大那么一块，请肉案师傅代为斩件。他案头上的刀重达八斤以上，手起刀落，肉离骨断，切口光滑，没有骨渣。这样的骨头煲出来的汤，不油不腻，汤清无屑。

"飞机骨"不多，去晚了就没有了，因此要头一天就跟肉案师傅约好，明天需要一块煲昙花，记得留下哦。肉案师傅笑呵呵地应下，生意清闲的时候会闲聊几句，说今年昙花开得好，已经第几次开了。他都记得。付钱的时候请他来赏花，他也会答应，但只是客气，不会真的践约。

昙花入馔，不见于古籍，只在民间流传。传说它清热去火、止咳润肺。我觉得这种说法多少有些似是而非。民间最初用昙花来煲汤，也许纯粹是出于不想浪费的心理，又怕吃花有点唐突佳人，便说它有诸多功效。什么东西一入药，吃便有理了。我翻了下《本草纲目》，不见记载，最早入药典见成书于公元 1765 年的《陆川本草》一书。昙花也许是清中期以后广西陆川县当地收录的药用植物。

昙花是仙人掌科昙花属植物，原产墨西哥、危地马拉、洪都

昙花

拉斯、尼加拉瓜、苏里南和哥斯达黎加，我国各地都有栽培，北方须进温室，长江流域可在室外过冬。这是一种很容易养活的植物，粗生粗长，基本上不用管理，扔在花园阳台的一角任其生长即可。它也毫不娇气：有阳光也行，无阳光也可；有雨水也活，无雨水也长。叶片长达两尺，株高可近半米，盆越换越大，土越堆越高，有时嫌其占地太多，几番想弃，又觉可惜。只有开花的时候才宝贝起来，搬进屋里，置之高几，辅以灯光，佐以香茗，助雅兴，为清供。

　　昙花之名甚雅，比其株形和叶片的形状雅上许多。苏轼有诗名《赠蒲涧信长老诗》，中有"优钵昙花岂有花"之句，可见那时是没有昙花的。此名来自梵语的音译，又译为优昙、优昙华、优昙钵罗、优钵昙华、乌昙跋罗。《妙法莲华经》中有这样的句子："如是妙法，诸佛如来时乃说之，如优昙钵华时一现耳。"昙花一现，就出于此。

另有一种花也有优昙花之名，《云南通志》记载："优昙花树，在城内土主庙中，高数丈，枝叶扶疏，每岁四月花开如莲，有十二瓣，岁闰则多一瓣。"后人考证，这种花开如莲、有十二瓣的植物是山玉兰。《中国植物志》云，山玉兰又名优昙花，并说："据《徐霞客游记》载，优昙花即佛教所谓'昙花一现'的佛教圣花。"

但山玉兰的花不是一开即敛。山玉兰花期 4～6 月，开过整个春末夏初。在晚春浓绿的树荫中，在梅雨绵绵的湿润中，上海植物园木兰园中的几株山玉兰开出黄白色的硕大花朵，花形如莲，叶长而大，并不怎么美艳华丽。我宁愿相信优昙花就是在我的汤锅里炖着的那种花。

17 世纪中叶，昙花被荷兰人引进台湾，再由台湾慢慢进入内陆，之后几百年间，遍及中华大地。不知不觉间，人们把优昙花的美名戴在了它的头上，不作第二花想。如果佛经上说的优昙花世间真的存在，那么就该是它的模样。毕竟无花果见果不见花，白占个好名（《佛学大辞典》说优昙花为无花果类）；山玉兰花期漫长，名不副实；而昙花的花朵硕大美丽，雪白明亮，香气袭人，刹那芳华，转瞬即谢，它不叫昙花，谁配叫呢？

金庸、梁羽生的书中时常出现诸如"天山雪莲""优昙仙花"的描述。金庸还好点，陈家洛去采雪莲不过是为了博香香公主一笑。梁羽生就不得了，这两种花简直就是白娘子救许仙的灵芝仙草、九转还魂的仙丹。老先生笔下动不动就以这两种花入药，起死人而肉白骨，比太上老君的仙丹、观音菩萨的净水还灵。卓一航守着一株优昙钵花六十年，就为了等花开时，采下来合药，让白发魔女吃了好回转青春、白发转黑。张国荣、林青霞版的《白发魔女传》里，那朵花终于开了，电光紫、云母白的，七彩幻色，足足有牡丹花那么大。我看了不禁笑说，不如煲碗猪骨昙花汤吧，养阴润肺，凉血安神，正适合白发魔女吃。

昙花可以煲汤，与它形貌相似的霸王花同样可以吃。霸王花是仙人掌科量天尺族量天尺属植物，而昙花是仙人掌科量天尺族昙花属的，两者关系很近。霸王花与昙花很像，做法也相通：煲骨头汤、鸡汤。新鲜霸王花还可以凉拌：一朵花撕作四份，洗净，开水焯烫，捞出，拌以油盐，按个人口味，可以放胡椒粉或蚝油等。

广东顺德有一道家常菜叫"钢盘蒸鸡"，嫩鸡剁块，拌上姜、蒜、盐、生抽、蚝油、麻油、淀粉等佐料腌二十分钟以上，摊匀铺放在薄钢盘上猛火蒸熟，吃的就是鲜嫩多汁。为了更香更有味，可以添加香菇、广东酸菜等，也可以把干霸王花泡软，切段，拌入鸡块中一同蒸熟，做成霸王花蒸鸡，比寻常钢盘蒸鸡增加不少香味和鲜味。

干制的霸王花在超市和淘宝都可以买到，而昙花只有在家庭中偶尔得到两三朵。想尝新的食客，如想一试昙花而不可得，不妨买上一袋霸王花，煲个汤蒸个鸡，就知道昙花的口感如何了。

除了煲汤，昙花还可以做成甜品，比如秋梨炖昙花：秋梨一个去皮，去核，切块，加水一碗，放冰糖，同昙花一朵隔水蒸。秋梨本来就有清肺热的功效，加上昙花，双管齐下。秋梨清甜，昙花香润，这款甜汤润肺止咳，是抑秋燥的良品。

传觞遥指菊花开

朝饮木兰之坠露兮，夕餐秋菊之落英。

——战国·屈原《离骚》

花卉入馔，这是提得最多的一句古诗。在本书提到的这些花中，可以泡茶的有很多：玫瑰、茉莉、金银花、茶花、桂花、金雀花、薰衣草、洋甘菊、接骨木、玉簪花、洛神花、樱花……但真正亲民的，除了茉莉花茶，就要数菊花了。茉莉花窨茶，残花不要，只在成品茶叶中掺一点，表示这是茉莉花茶；菊花一般单泡。

各种菊花都可以代茶泡水喝。野菊苦，胎菊浓，我对这两种敬而远之。亳菊、杭白菊、滁菊、黄山贡菊这些名品菊花，种植年久，一向为大众喜爱。我偶尔喉咙痛，必定喝杭白菊。

不过在古代，菊花不是用来当茶泡着喝的，而是被当作食材，或煮粥或凉拌。高濂《遵生八笺》中多处提到菊花的吃法。不过要注意的是，他说的菊花是甘菊，又称真菊。

《遵生八笺》里有几个菊花食谱，一个是菊苗粥："用甘菊新长嫩头丛生叶，摘来洗净，细切，入盐，同米煮粥食之，清目宁心。"一个是凉拌甘菊苗，一个是用甘草水和山药粉做面糊，炸甘菊苗。这样吃菊，真有几分宋人说的"馔带菊花苗"的风雅。此外，还有菊花酒：

> 十月采甘菊花，去蒂，只取花二斤，择净入醅内，搅匀，
> 次早榨，则味香清冽。

"醅"是没有过滤的刚酿好的酒。把甘菊花去蒂放进醅，第二天早上过滤澄清。这法子其实和现在的泡酒方法是一样的，甚是简便。

中国古人向来相信服食菊花可以延年益寿、长生轻身。《遵生八笺》作为养生类书籍，这方面也有提及。"服松脂三法"里用到了甘菊：把松脂三蒸后，加松仁、柏子、甘菊三样研为细末，加上蜂蜜搓成丸子，坚持服用百天以上就不觉得饥饿了，兼能使皮肤莹润光洁。

又有"服椒法"：蜀椒二斤，加盐六两慢火煮，煮透了滚上菊花末，吃上一年就见效，耳聪目明，须发尽黑。这方子，可以烫火锅了：汤底里有盐，加花椒调味提鲜增香，涮过肥牛、鱼片、鸡肉后，推进白菜、粉丝和菊花。冬天吃来暖身和胃，窗外即使是"飞雪连天射白鹿"，室内也仍然"笑书神侠倚碧鸳"。红泥小火炉里的炭火拨得旺旺的，佳人手捏一只小酒盅，满满斟上菊花酒，娇笑着问："能饮一杯无？"当此景，别说一杯，十杯都没问题。

林洪《山家清供》里也提到吃菊花：先把甘菊用甘草汤和盐焯了，等粟饭稍熟，加入菊花同煮。粟饭加菊花，浓郁的田园气息扑面而来。

江南还一直保留着吃菊花的习惯。苏州人到现在还吃菊花糕：新鲜菊花放清水里煮约十分钟，候汤色渐黄，取出菊花切碎，汤

菊花　选自《本草图谱》

里加入冰糖调味；将地栗粉（即荸荠粉）用少量清水调开，倒入
调好甜度的菊花水和切碎的菊花瓣拌匀，倒入扁平器皿中进蒸笼；
大火蒸约 15～20 分钟，等糕体变透明后取出，放凉后切成小块。

　　菊花糕这种水晶模样的凉糕，一向受苏州本地人喜欢。夏天
放冰箱里，炎热的午后，午睡醒来，取一块清凉的菊花糕吃下，
那真是透心凉。

　　爱新觉罗·浩的《食在宫廷》一书中记载了菊花炒鸡丝的做法：
鸡胸脯肉去皮切细丝，上浆码味，下油锅推散，下葱姜末煸香，勾芡，
撒菊花翻匀即出。作者还说：“此菜趁热食之最美，一凉则风味全无。
否则菊香顿失，异味遂出。”

　　前面提到的菊花火锅，据说清宫中常吃，还是慈禧太后首创。

菊花

此传说流传甚广，经过近年不停加工渲染，慈禧太后和乾隆皇帝一样，成为中国大地上各种民间小吃和宫廷御膳的发明人和代言人。如果乾隆不是没受过苦挨过穷，只怕民间也得编派他做一回叫花子，发明点珍珠翡翠白玉羹、八宝饭之类的名肴。

如今多有吃菊花锅的。我家冬天吃暖锅，也爱摘一盘菊花佐餐。上海的暖锅以鸡汤打底，金华火腿吊鲜，烫食的也多是清淡之物，蛋饺、青鱼片、鸡脯肉片、鱼丸、燕皮馄饨；菜是豌豆苗、大白菜嫩叶、冬笋片、香菇、粉丝、豆腐皮等，牛羊肉和内脏以及带血沫的荤菜一概不入。吃得差不多的时候，汤锅里推进半盘菊花瓣，热气一蒸，清香四溢，吃得正热的脑子都为之一清。不吃火锅的日子，如果有鲜菊花，煮一锅鲫鱼菊花汤，很是清香味鲜。

"入馔即甘鱼鲹细，传觞遥指菊花开。"这联出自明朝黄廷用的诗。其实，在中国古人那里，菊花也是吃鱼生的配料之一。清代广州还有这一习俗，番禺人倪云癯《竹枝词》说："萝卜正佳篱菊放，晶盘五色进鱼生。"后注云，广州人"冬至日，以鱼脍杂萝卜、菊花、姜、桂啖之，曰食鱼生"。如今在还有吃鱼生传统的地方，怕是已经不知道要配菊花了，倒是在日本，还保留了这一风俗。

日本人是吃生鱼片的行家，生鱼片端上桌来，除了配有一碟子供蘸食的酱油和一撮现磨的山葵，还有几朵鲜黄的小菊花，日文写作"つま菊"。这几朵小菊花不是摆盘的点缀，像中餐里饰盘用的热带兰或萝卜花，它是可以食用的，吃时将花瓣拆散，撒在鱼片上或酱油里，和鱼片一起食用，有菊花的清香。

冬篇

围炉煮雪漫敲诗

海洋之露

著名的英文歌曲《斯卡布罗集市》（*Scarborough Fair*）里唱道："你是否要去斯卡布罗集市，香芹、鼠尾草、迷迭香和百里香。"

这个忧伤的调子里唱的"斯卡布罗集市"在英国约克郡的北部。集市上卖各种农产品，其中有香芹、鼠尾草、迷迭香和百里香。一个集市当然不可能只卖这四种香草，常见香草有几十种，除了这四种，还有莳萝、龙蒿、金盏花、春黄菊、茴香等等，都原产欧洲大陆，并能在英伦三岛生长良好。这些带香味的植物用处多多，可装饰，可入药，可烹调，可泡茶，每一种都受人喜爱，用法各有不同。而在这么多香草里只挑这四种来写入歌词，是有其用意的。关于此可以写一篇文章。这篇文章我也写了，收录在《一番花事著光影》这本书里，这里就不展开说了。

这四种香草确实在生活中最常见。西餐中，这四样算得上是万能配料，哪里都用得上，并且香气能为大多数人所接受。其地位堪比中国菜里的葱姜蒜和芫荽，绝对的四大金刚，撑起香草界的半壁江山。

曾经有朋友问我，家庭种植香草选择哪种较好？家庭种植香草，除了欣赏植株、嗅其香气，还可以采摘花叶泡茶或烹调，因此要找常见的和易栽培的，并且适合阳台、露台这些小型栽培场

迷迭香　选自《本草图谱》

所的。我推荐的有薄荷、罗勒、迷迭香、百里香、鼠尾草和薰衣草。薄荷泡茶，泡澡；罗勒拌沙拉；迷迭香浸橄榄油，浸醋，烤羊肉，烤鱼；鼠尾草泡茶，做甜点，烤肉；百里香烤饼干，泡茶；薰衣草做甜点，泡茶。

　　这些香草里有一半以上都是唇形科植物，这个科的一大特点就是易扦插。摘下几小枝，回家一插，半个月后就是一盆了。在拿不准的时候，借助气味是非常有用的识别方法。摘片叶子下来，用手指捻碎，一闻就知道是什么花了；或是用手拂一下叶片，也会有香味散发开来。所有香草的一大功效就是清醒头脑，早上起床，

罗勒 〔德〕巴塞利乌斯·百斯勒 绘

用手碰一碰阳台上或是窗台上的香草，呼吸一下香气，会感到精
神振奋。

　　种花，最重要的就是管理。刚扦插的时候要遮阳。一个星期后，
插株挺立起来了，移至阳光充足的地方。香草需要阳光直射的环境，
它们不是热带观叶植物，不能放家里，至少是阳台上，最好是室
外。然后就是浇水。夏天早晚都要浇，要浇透，盆底要有水流出。
种香草不用担心虫害，虫都避着它们。这是香草的特点，可以驱虫、
抑菌。

管理良好的香草，最容易碰上的一个问题就是长得太高会倒伏，这时就要重新扦插。种香草要不停地扦插。掐下顶上的两到三寸，插在盆里，又开始新一轮生长过程。老的就拔了扔掉，或是加以利用，比如迷迭香，就可以用老枝条串羊肉烤。如果不更新，植株会很快老化，失去生命力，叶子也会越来越小。

　　长势良好的香草很快就可以采摘了。香芹是伞形科植物，原产地中海地区，嫩叶入馔，可以放进所有的菜肴里：拌沙拉、拌意面、炖汤、蒸鱼……完全可以把它当成西餐里百搭的香菜。如果在家里的阳台或小花园里种一盆香芹，可说是吃用不尽了。并且，香芹的种子还可以碾碎，做成芹菜盐，加入汤、咖喱中，或用来腌渍肉和鱼，替代盐，以减少钠的摄取。

　　鼠尾草为唇形科植物，原产地中海地区。鼠尾草属的拉丁名为 SalviaLinn.，salvia 来源于拉丁文 salvare 一词，意为"治疗"或"拯救"——鼠尾草曾被用来治疗霍乱和痢疾，有"穷人的香草"之称，罗马人称它为"神圣的药草"。鼠尾草花和叶片有着强烈的芳香，用手轻拂鼠尾草丛，就会有香气散开来，轻轻一嗅，心旷神怡。"花园里栽有鼠尾草的人怎么会衰老呢？"这是一句欧洲古谚。鼠尾草有非常高的药用价值，外用可抗菌、抑菌；干燥的花叶置于室内可驱虫、提神醒脑、熏香室内空气；新鲜或干燥的叶片泡茶，可助消化、止泻；花和叶片不论是干燥或新鲜，都可以用作食物的调味品。

　　迷迭香也是唇形科植物，原产地中海地区。迷迭香有着特殊的芳香，长长的枝条上小花开成串，采下枝条来编成花环，可以戴在头上或者装饰房间。枝条以及芳香的气味可以保留很长时间，古时恋人们用它来代表至死不渝的爱情。迷迭香的英文名非常美丽，Rosemary，意为"圣母玛利亚的玫瑰"，蓝色或粉色的小花惹人怜爱，别名叫"海洋之露"。

迷迭香强烈的香气有提神醒脑的功用，将干燥的茎叶放在室内可使空气清香，放入洗澡水中沐浴可促进血液循环，做成布包放入衣橱可驱除蛀虫。在阳光强烈的地中海沿岸村庄里，当地居民会把刚洗过的床单铺在迷迭香灌木丛上晒干，让太阳把迷迭香的香气晒进床单里。中国人在被太阳晒过的被子里深吸一口气时，会说有太阳的香味，这种香味让人有一种深深的幸福感；而铺在迷迭香枝条上晒干的床单会使这种幸福感翻倍吧。

当然，迷迭香也是西餐里常用的烹饪食材。西人做菜，烤羊排、羊腿，烤鸡，甚至烤面包，都喜欢用迷迭香。嫩茎嫩叶可以揉入羊肉中，去腥除膻，增加香气。即使是木质化了的老枝也不扔弃，做成扦子，串上羊肉，烤得香气扑鼻。新疆有红柳枝串烤羊肉串，地中海地区则有迷迭香串烤的，道理都是一样的，经明火烧烤，把植物枝条的香气烤进肉中，让食物的味道更加诱人。

迷迭香枝叶粗硬，不能直接食用，除了放在食物上烤或腌渍，也可采用浸泡的方法得到芳香物质。在橄榄油或者香醋里泡一枝迷迭香，就是常用的手法。在煮意大利面时用迷迭香醋和迷迭香橄榄油来拌，有一股浓浓的迷迭香味道，别有风味。迷迭香的花嫩时，可以放进沙拉里，或制成蜜饯装饰甜点，还可以放进砂糖里，做成香草糖，用来烤蛋糕或饼干。

日本人会用迷迭香来烤秋刀鱼。把一小枝迷迭香塞进秋刀鱼的鱼腹里，抹上盐，放在铁架子上，两面各烤上五六分钟，便可以吃了。秋刀鱼含有丰富的油脂，一烤，油就往下滴，嗞嗞响，发出油香。秋刀鱼有腥味，加了迷迭香一起烤，恰好可以去腥增香。

薄荷

我在坝上草原和甘南地区旅游时看到过野生的百里香，它们贴地而生，矮矮的一丛，密密地开满紫色小花，像个绣花垫子，用手轻拂，气息芳香迷人。百里香也是唇形科植物，学名 Thymus mongolicus Ronn.。其中的 thymus 源自希腊文中的 thymon，意思是"勇气"。中世纪时，骑士每有出征或决斗或比赛，贵族仕女们献给情人们的花束中或绣的手帕上，都会有百里香。在希腊人眼里，百里香代表端庄高贵。古代诗人为它吟唱："经风啮咬的百里香，气息犹如破晓的天堂。"

百里香有显著的抗菌作用，在古代的欧洲，用百里香浸泡的香油是强力防腐剂，涂抹在尸身上可保多年不坏。干燥的百里香花枝可防珍贵的书籍虫咬发霉，作用和中国古籍中夹放的芸草一样。

百里香入馔用法多多。把小枝的荷巴百里香和月桂、欧芹一起投入肉类中炖汤，可去腥去膻；填塞在禽类的腹腔里烤熟，可增加香味。柠檬百里香通常用来烹调鱼类和贝类；切碎后可以拌入面团中烤面包或饼干；嫩叶和花可拌入蔬菜沙拉和水果沙拉中。

百里香很好种，掐一小段往盆土里一插，不多时就是一大盆，城市里甚至用百里香来做地被植物，覆盖裸露的泥土。百里香枝叶蔓生，繁殖力惊人。在春夏季节，得不时修剪，不然很快就蔓延到别的花盆里去了。家里种上一盆，完全够食用和泡茶了。

以上几种，我都种过，十分适合家庭阳台种植，有个小花园当然就更好了。它们都极易种植，可以看花，又可以闻香，还可以吃。我用百里香烤过饼干，极香。

饮之太和

素处以默，妙机其微。饮之太和，独鹤与飞。

——唐·司空图《诗品》

"饮之太和"，让我想起茶和茶花来。这个茶花，是茶树之花，而不是花市上常见的山茶花。

《茶经》中是这样描写茶树的：

> 其树如瓜芦，叶如栀子，花如白蔷薇，实如栟榈，蒂如丁香，根如胡桃。

陆羽用单瓣白蔷薇来比茶花，是有些道理的。一来茶树长在深山老林，寻常人难得一见，而蔷薇则是随处都有的花；二来茶花单瓣白花，花瓣三五片或五六片不等，微展如碟状，和野蔷薇确实很像。

茶树开花，花瓣或大或小，或偏或欹，有的看上去只有三瓣；有的数来数去有四瓣；有的横看竖看都不行，翻过花来看，还真有五瓣；有的花托连上花瓣，三大三小，是六瓣。总之茶花开得不端正，不会像一朵白色山茶花如"六角白""东方亮""玉丹"

那样呈六角放射形，或像"雪塔"那样呈松塔形。茶花的花形与山茶的端正对称比起来，显得更原始、更自由。

茶与山茶一样，经过多代人的精心栽培，品种无数。但是，山茶花有红有白有粉，有单瓣、复瓣、重瓣等变化，茶花只有白花、单瓣，又不整齐。单论花，茶花不若山茶花，甚少得人品评。但茶花有香气，这又是山茶所不及的。

茶花的清香，早有人"点过赞"。明万历年间的博物学家屠本畯在《茗笈评》中说它"幽香清越"。高濂是杭州人，曾在鸿胪寺任职，后隐居西湖。其人诗词歌赋、文物鉴藏无所不涉，琴棋书画、茶酒烹调无所不通。他写有《四时幽赏录》，其中"冬时幽赏"有"西溪道中玩雪""山顶玩赏茗花"等十二种。西湖边的狮峰产龙井茶，冬天去山头看茗花，正是绝好去处。他在《遵生八笺》中说：

> 茗花，即食茶之花。色月白而黄心，清香隐然。瓶之高斋，可为清供佳品。且蕊在枝条，无不开遍。

"蕊在枝条"，是说茶花生在叶腋，而非顶端，正是需要"瓶之高斋"，方能欣赏得到。茶园中的茶树，高不及腰，密不透风，有花也没法赏。

茶花的清香，我是闻过的。我每年必去杭州数次，龙井村是常去的，清明前的新茶自不待言，寒露后的茗花也是去杭州的动力之一。

某年十月，我去福建武夷山游玩，正是茶花初开的季节。漫步九曲溪边，右边是碧绿的溪水，左边是起伏的茶园，从步行道

茶

茶花

边一直绵延到山腰。一小半的茶树上都开着白色的茶花，雪白的花瓣，微含半开，当中是一丛鲜黄的花蕊，花蕊之多，几可盖没花瓣。花不大，拇指与食指圈成的圆和一朵茶花大小差不多。密密的黄蕊娇嫩如雏鸭的绒毛，嗅之有清香，观之可爱，抚之触手生金。高濂形容茶花"色月白而黄心，清香隐然"，非常准确。

凡香花皆可窨茶，茶花也不例外。屠隆在《茶说》中道："茗花入茶，本色香味尤嘉。"用茶花窨茶叶，想法颇妙。

我有个朋友做茶叶生意，她经营的店铺里有"花针"出售，量少物稀，唯有缘人得之。这"花针"是用云南景谷大白茶为茶坯制成的银针白毫，形状如针，毫白如银。云南四季气温变化不明显，茶园中四季都有零星茶花开放。有一回，她十月间去云南，正是茶花开放的季节，在茶园拍得盛开的百年古茶树花。这茶花被茶园主人的小女儿托在脸边，足足有六岁儿童的脸那么大。采摘银针时，与茶花同采，经过自然萎凋，蒸压成形，最后晾干，制成"花针"小饼。冲泡时可热冲，可冷泡，热冲汤色橙黄，风味上佳；冷泡汤色澄净，甘醇甜美。

泡"花针"，用玻璃杯最佳。清亮茶汤里但见白毫银针根根竖立，当中数朵白瓣黄蕊的茶花在水的润泽之下重新开放。透杯观之，花叶齐绽。品茗兼赏花，视觉赋予的意境是其他茶所不能及的。这花带着茶花的蜜香，与茉莉花窨制出的茶有着完全不同的色与香。借用《诗品》的语言来评价，那就是"清奇"："载瞻载止，空碧悠悠。神出古异，淡不可收。如月之曙，如气之秋。"

"茶花花针"乃世间妙品，等闲难得一品。在云南当地，人们除了用茶花入茶，还用茶花炒蛋，虽然算不得有创意，也可以一试。

杨凝式的韭菜花

某年秋天，杨凝式午睡醒来，忽觉肚饥，想起午饭尚未用过。恰好此时有人送来韭菜花，杨大人就着韭菜花吃了一盘羊肉，心满意足之后，挥毫写就答谢的帖子，曰：

当一叶报秋之初，乃韭花逞味之始。助其肥羜，实谓珍羞。

杨凝式是唐昭宗时的进士，后历仕后梁、后唐、后晋、后汉、后周五朝，官至太子太保，世称"杨少师"。他为人不拘小节，时人称之为"杨风子"。这个帖子因为内容中出现"韭花"二字，被后人称为《韭花帖》。《韭花帖》与王羲之《兰亭序》、颜真卿《祭侄季明文稿》、苏轼《黄州寒食诗帖》、王珣《伯远帖》并称为"天下五大行书"。

世评《韭花帖》，说它章法独特、字句疏朗、笔致萧散、澄静精绝。因为是笔札，随手而写，每个字都趋于平和简静，意趣闲逸，而通篇又具装饰意味，给人一种疏宕旷远之感。因此黄庭坚说："世人尽学兰亭面，欲换凡骨无金丹。谁知洛阳杨风子，下笔便到乌丝阑。"乌丝阑是指织有或画有黑色界栏的绢纸。杨凝式号称杨风子，下笔时却胸有丘壑，像是在有格子的纸上写成。

韭菜花

羚指出生五个月的小羊。用韭花来佐小肥羊，味道确实没的说，"实谓珍羞"。直到如今，中华大地上的华夏子民仍然是这么吃的。

我最早知道韭菜花，是从汪曾祺先生的散文里。他不止一次在文章里提到韭菜花。

> 韭菜花出曲靖。名为韭菜花，其实主料是切得极细晾干的萝卜丝。这是中国咸菜里的"神品"……这种韭菜花和北京吃涮羊肉作调料的韭菜花不是一回事，北京人万勿误会。
>
> ——汪曾祺《昆明菜》

我从少年时即看汪曾祺先生的小说散文，对他笔下云南的诸多吃食都感兴趣，曲靖韭菜花便是其中之一。但在吃到曲靖韭菜花之前，我先吃到的是北京的韭菜花。

21世纪初，"西北风"盛行，涮羊肉连锁店一家家开过来。开到我家门口时，就连我这个不吃羊肉的人也慕名去吃了几回。头回吃的时候，装着很内行的样子，选佐味的小料，一勺香油，一勺腐乳汁，一勺韭菜花，三勺调开的芝麻酱，少许糖，一小撮香菜。多吃两回，就按自己的口味来配了，只用芝麻酱和腐乳汁两种。香油嫌油，芝麻酱里本来就含有芝麻油了；韭菜花嫌咸，有腐乳汁就够了。

看着这个韭菜花，实在是有些提不起胃口，颜色是乌青酱黑的，味道是一味地咸，谈不上什么鲜和香。因为有汪老那句"和北京吃涮羊肉作调料的韭菜花不是一回事"，倒也没让我对曲靖韭菜花失了兴趣。

韭花是很好看的。一般的韭花是白色的，由几十朵小花组成一个圆球形。这个圆球不大，也就一元硬币大小。六瓣花，盛开时花瓣朝外展开，略有些反卷。

2014年7月，我去爬秦岭主峰太白山，在海拔3500米处拍到了太白韭，它的花是柔美浪漫的粉紫色。太白韭是太白山的独有品种，以太白命名，果然美得独特。在高山草甸区，太白韭一丛一丛地开着，一丛多的有十四五朵花，一朵朵花开成粉色的圆球，一大丛花就是一片花垫，衬着后面大爷海清澈的湖水蓝色，美得有那么一点虚幻，不像真的。想不到在那么高的山上，会有那么美的景色。粉紫色让太白韭多了几分仙气和柔美。

当然，制作曲靖韭菜花所用的原料不会这么高级，它就是一般的韭菜，即将开花时摘下来，加各种配料，做成小咸菜。

韭菜　〔比利时〕约瑟夫·雷杜德　绘

是的，曲靖韭菜花是一种咸菜，有瓶装的，有袋装的；有工厂大规模机械化流水线生产的，有家庭小作坊手工制作的。

这些年，什么好吃好玩的都可以在网上买到，于是吃货们整天淘啊淘啊……数数这些年在网上买过的食物，那真是天南海北什么都有。什么流行买什么：诺邓的火腿、香港美味栈的酱油、广州的盐焗鸡、东莞的竹升面云吞皮、福州的燕皮、温州的纱面、弥渡的腌酸菜、个旧的小米辣、曲靖的韭菜花。

曲靖韭菜花，初看是一些红的黑的白的碎丁拌和在一起，闻上去又香又辣；尝一点，咸鲜开胃，很合我的口味。

汪曾祺说曲靖韭菜花的主料是细切晾干的萝卜丝，并不准确，作为主料应是苤蓝丝。

将韭菜花剁细，加盐和白酒搅匀，放入罐内发酵，时间需要半年之久。这过程中，韭菜花的肉质糖化，变得香甜脆嫩。半年后打开，拌入晒干的苤蓝丝、辣椒、红糖、白酒等，再腌制到辣椒的红色素浸入苤蓝丝，整个菜呈诱人的黄红色即算完成。

曲靖的韭菜花是农历七八月里开始制作，这个时候，正是韭菜开花的时节。《齐民要术》中引用汉代崔缇的《四民月令》，里面有一句是："七月藏韭菁。"韭菁就是韭菜花。七月做韭菜花，看来是从汉代就流传下来的风俗了。

传统曲靖韭菜花就是用韭菜花、苤蓝丝和辣椒做成的。我新近在网上淘得一种韭菜花，是用做好的韭菜花腌干巴菌，更增一层菌子的鲜香，吃口更丰富。用它早上下白粥，中午拌面条，晚上炒鸡蛋，简直百搭。

十丈珊瑚是木棉

2010 年春季，云南大旱，从头年的秋冬一直延续到次年的四月，将近半年的时间没有下雨。电视上天天都有云南旱情的报道，看得人揪心。

我在云南多地旅游过，对这些地名十分熟悉，每天听见某地旱得大地开裂、小河小溪断流、田里蔬菜庄稼绝收，如同刀剜一般心痛。那么美丽的地方，干成这样，怎么办啊。今年春节再去，依然满目青绿、花开四季，实在令人欣喜。

那时候看了个新闻，在楚雄的一个村子里，很多农户种植的青菜已经全部干死，困难家庭开始向左邻右舍借粮。有位彝族妇女去一棵前几天还开满鲜花的木棉树那里看，树上已经光秃秃的了，一朵花都没了。她失望地走开，去寻找另一棵木棉。这是一棵十几米高的老木棉树，枝干横斜，粗壮高大，枝头上开着几十朵鲜红的木棉花，但树老枝高，攀摘不易。她捡起地上的石头、木棍往树枝上扔，希望运气好，能打下几朵花。良久，只有一朵花被她砸中，落了下来。她拾起来，快快离开。

节目拍得很煽情，感觉真的需要一部《救荒本草》来指点大家怎么找食物。不了解的人会想，怎么到了这步田地，连树上的花都采来吃了？再这样下去是不是要吃草根树皮了？了解之后就

（上图）木棉花蕊　　（下图）木棉花　清　佚名　绘

会知道，在西南和华南，有木棉树生长的地方，木棉花一直都是入馔入药的。

木棉树又叫攀枝花，高可达二十多米，树干粗大。春天开花，先花后叶，满树虬枝，遍缀红花，花质如革，明亮红鲜，如同山茶。木棉树开花，那真是可以照亮半边天空。作为南方优势树种，木棉树在广州种植极多，以至后来成为羊城市花。此后，木棉花在彼处种植更盛。整个木棉花季里，广州的街上，树头花红胜火，树下落红无数。

清初，广州城里也多木棉。清初广东诗人屈大均在《广东新语》中道："望之如亿万华灯，烧空尽赤。"他还有咏木棉的诗：

> 十丈珊瑚是木棉，花开红比朝霞鲜。天南树树皆烽火，不及攀枝花可怜。

广州城中遍植木棉，城外山上也有很多。城北越秀山上有一个书院，名叫学海堂，是由乾嘉时期著名汉学家阮元于道光五年(1825)创建的。学海堂一带种有大量的木棉树，《学海堂志》上说："花开则远近来视，花落则老稚拾取，以其可用也。故当地人彻夜卧树底以待花落，拾者如获至宝。"落下来的花拾回去，多半用来煲汤。

广东一向讲究药食同源，木棉花不论新鲜的还是晒干的，都可以用来煲汤、煮凉茶。《岭南采药录》称木棉花能消暑，《广西中药志》则说它"去湿毒，治恶疮"。

木棉花开的时候，华南正进入回南天时节，闷热潮湿，当地饮食便注重祛湿。用木棉花煲猪骨汤或鸡汤，汤里加薏米、陈皮、赤豆等物，被认为可以健脾、祛湿、清热。做法相当简单：猪骨飞水，加水煮开，放木棉花、陈皮、薏米、赤豆煮开，转小火煲至汤浓味醇即可。赤豆可以换成白芸豆，陈皮可以换成蜜枣，不变的是薏米和木棉花，而木棉花，晒干的新鲜的都行。

这是煲汤，还有凉茶：木棉花瓣、火炭母、金银花、绵茵陈、菊花等用清水冲去浮尘，放进瓦罐中加水煮开，放凉代茶饮。这一方剂就叫"木棉五味饮"。

不看重药效、只追求美味的人，可以试试木棉花苦瓜牛肉汤：木棉花和苦瓜同炖三十分钟，炖出味道，加切成薄片的牛肉一烫即食。牛肉不可久煮，久则易老。

这些都是华南的煲汤食法。在西南，比如云南和四川，当地人不怎么用木棉花煲汤，而是喜欢炒了吃。多半炒腊肉，也可以炒肉丝、炒鸡蛋。或者什么都不加，摘下新鲜的花来，撕去花瓣，剩下花蕊，开水里一焯，捞出凉拌。调料就按个人口味，麻辣的，咸鲜的，酸甜的，不拘。

没错，木棉花在广东是带花瓣同煮，到了云南、四川，就只吃花蕊了。做之前要预处理，去掉花瓣，撕开花蕊，开水焯过，捞出来放在清水里漂两个小时，去除涩味，就可以炒腊肉炒鸡杂了。木棉花蕊的口感略韧，同腊肉炒十分搭调，加两粒干花椒、干红辣椒，热油一炝，加水略焖，腊肉回软，咸味被木棉花蕊吸收，滋味悠长。

传说中的水性杨花

去云南的丽江和大理旅游，海菜花几乎是必吃的菜、必尝的鲜。这东西生得娇贵，只生长在水体情况良好的高原湖泊中，等闲难得一见。这些年随着去云南旅游的人大增，当地的一些特产跟着游客的游记和照片传播出来，海菜花也名声大噪。

在大理古城餐馆集中的人民路上，每家门口都摆放着十几二十多个盆子，蓄着清水，泡着各种山野时蔬。情人果、树头菜、棠梨花、茉莉花、石榴花、攀枝花，当然少不了海菜花。

海菜花的茎长长的，漂浮在水里，茎上有嫩芽，茎梢有花蕾，花蕾只有小指肚大小。这是采摘下来泡在盆里的海菜花，要挑未开的花苞和嫩茎做蔬菜。湖里生长的海菜花开出花来，白花三瓣，花蕊金黄，平展开来有一元硬币那么大。因整个植株生长在水里，花茎又长而柔软，一朵朵小白花漂浮在水面上，随水波的起伏荡漾，慢慢就得了个"水性杨花"的称号。

荡舟在拉市海、洱海或泸沽湖的草海，看着满湖的水草，浓绿得化不开，湖水清澈，但不见底，更加觉得深不可测。水草长长的茎上开着白花，柔软地随着波浪荡漾。这样的风景这样的画面，让船上人的心也变得软软的，仿佛飞浪逐花，唯愿随波飘摇，身轻如举，心思飘浮，这一刻最好永远停留。

海菜花

　　泸沽湖草海有一万五千亩之广，湖里长满芦苇和其他水生植物。水鸟和鸭子在其间筑巢，猪槽船划出的水道投下蓝天的色彩。碧绿和湛蓝溶在水里，似蓝更绿，如绿更蓝。海菜花柔曼的茎铺在水中，花一朵一朵地开。

　　遥远城市里的人很难见到如斯美景。满湖的花触手可及，在水面上漂啊漂，这是梦中才有的景致。也许四处旅行，就是为了寻找这样的地方，来契合心中的渴望，安抚烦躁的心情。这湖水，这水草，这白花，这如斯的浪漫和美好，仿佛让灵魂中缺失的那一块归了位，心灵就此安定充实。原来它真的存在，就在这里，等着焦虑不安的人来寻找。

　　海菜花非净水不生，非洁地不长，它的挑剔，正是它的气质所在。这样一种生物，大可不必去吃它。它的味道带些水腥气，口感滑溜溜的，颇似落葵（木耳菜），稍多些清香。它并不见得有多好吃，做出来未必比素炒木耳菜、凉拌穿心莲好吃些。

草海里长满了海菜花，春末夏初，花开满湖，美不胜收。但在当地人眼里，这满湖的花和菜没有什么两样。他们划船进去，用桨捞起一丛，刀子轻轻一划，连茎带叶，连花连蕾，全部捞起放在船上，划回岸上，堆在湖边，切碎了喂猪。也就在这些年，旅游业兴起之后，游客增多，他们才匀出一部分卖给餐馆的老板，等着游客点餐，做成各种菜肴。并且为了制造噱头，还取了个喜闻乐见的名字：水性杨花。人们说着这个名字，以暧昧的调情为乐子，嘻嘻哈哈，吃了它。

怎么吃呢？素炒，加蒜末或两三粒干红辣椒；加火腿炒，丽江和诺邓都出火腿；煮汤，加青豆米煮熟，出锅时配上蘸水；与豆腐同煮，"一清二白"；或者加芋泥煮成羹，碧绿的梗上沾着一层白色的芋蓉，滑润软嫩——这是复杂的版本，简单的做法就是煮芋头汤，芋头特有的香气，正好可以抵消海菜花的水腥气。

早年昆明的滇池还没有被污染的时候，滇池附近的吃法是做成海菜鲊。

鲊，是一种古老的保存食物的方法。中国古代有各种鲊，猪牛羊、鱼虾蟹都可以做鲊，各种蔬菜也可以做成鲊。食材加盐揉出水，和上炒过又舂碎的米封在坛子里，过几个月就可以取出来吃了，这就是鲊。在云南，这种做法保留得最好，前面说的曲靖韭菜花其实就是一种鲊。海菜鲊用发酵来消除海菜花的水腥气，更可长期保存。做好的海菜鲊经蒸或炒熟后，爽脆清香。

海菜花作为菜食用，由来已久。清代嘉庆年间的植物学家吴其濬在《植物名实图考》中就有记载，那时它的名字叫海菜或龙爪菜。

在水质好的条件下，广东、海南、广西、四川、贵州和云南都产海菜花，它在湖泊、池塘、沟渠及水田中都可以生长。只是如今环境越来越恶劣，土地和水体的污染到了前所未有的地步，这才显得拉市海、洱海、泸沽湖清澈的湖水那样珍贵，海菜花也成了珍稀物种。

海菜花对水体的污染非常敏感。严重污染时，湖泊里的高等沉水植物会全部死亡；中度污染时，湖泊里的敏感植物海菜花会消失；轻度污染时，海菜花会逐渐消失；只有在湖泊洁净的情况下，海菜花才会茂盛生长。海菜花就是湖泊水质的晴雨表。

几十年前，云南各地湖泊遍生海菜花。宁蒗的泸沽湖，丽江的玉湖，剑川的剑湖，洱源的茈碧湖、西湖，昆明的滇池，嵩明的黑龙潭，寻甸的清水海……到处盛产以海菜花为代表的优质沉水植物。海菜花一度成为云南高原湖泊的象征，也因此，云南的湖泊植物区系被称为海菜花区系。如今，西湖已干枯，茈碧湖成为水库，失去天然湖泊的功能，滇池因极度污染导致自然水生植物的毁灭，海菜花成了传说。

现在云南市售的海菜花多为人工养殖。这种生产方式主要依靠长期大量地移植野生海菜花，这使得原本不多的野生资源更加稀少。因此，当你进入云南，来到丽江、大理，在餐馆里坐下，点上一份海菜花，准备烫腊排骨火锅时，请珍惜这一口"野食"。

龙猫的雨伞

在宫崎骏大师的动画片《龙猫》里，最大的那只龙猫在下雨的晚上出现在皋月的面前，头上顶着一片碧绿的叶子。

龙猫的形象一出，顿时得到影迷的喜爱。而宫崎骏偏偏在龙猫的头上盖了一片叶子，自然会引发影迷们的各种猜测。首先，日本的影迷发现，那片叶子是一种他们熟悉的蔬菜"蕗"。

"蕗"他们太熟悉了，从早春开始，超市里就可以买到，这时候吃的，是这种植物的花蕾，日文写作"蕗の薹"。"薹"这个字我们一看就明白，青菜油菜萌蘖抽薹，马上就要开花了，吃的这部分，就叫菜薹。而"蕗の薹"，就是"蕗"的花蕾。

"蕗"这种植物在初春冰雪消融时开花。它和笔头菜一起，被视为春天来临的象征。日本电视台早春天气预报时常会播报它的开花情况，以示春天的来临。它和被叫作"樱鳟"的鱼一起，作为冬季的"旬物"出现在和食里，为即将到来的"樱见"作预告。

"蕗"这个字，是标准的日文汉字。这种名为"蕗"的蔬菜，在中国，叫蜂斗菜，菊科蜂斗菜属。虽然"蕗の薹"是以花蕾的形式被包裹着，小心翼翼地摆在超市和餐桌上，但是"蕗"这种植物在更多的时候，是以茎的形式，一捆一捆地豪放出现的。

蜂斗菜早春时分直接从地上长出花蕾，开花后才萌生细长的

蜂斗菜　〔日本〕柴田是真 绘

茎，然后才长出叶柄和叶子。这叶柄部分，是作为山野菜来吃的。蜂斗菜不惧寒冷，适应日本东北的气候，爱知县、秋田县、山形县都是蜂斗菜的著名产地。北海道秋田县出产的蜂斗菜，索性就叫"秋田蕗"。秋田县足寄町出产日本最大的蜂斗菜，叶子高度超过 1 米、整体高达 2～3 米。六月采收时节，人们爱在这巨大的蜂斗菜下拍照，一片叶子的茎比人还高，人站在其下，就跟身在童话里一般。

这样粗壮长大的茎被截成一段段地放进菜盘里，通过物流进入千家万户，吃法多样。首先要做的预处理是煮，煮软之后撕去表面的硬皮，剩下的柔软部分，可以凉拌、热炒、慢炖、做酱汤、卷寿司，或者腌制成渍物。

蜂斗菜　选自《梅园百花画谱》

　　蜂斗菜可煮食，将茎预处理后，放进日式高汤（昆布加木鱼花熬的汤）里略煮，取出马上过凉水，以保持色泽，再放入原汤中浸渍一段时间以入味。这是一道冷食小菜。在日本，什么菜都是可以裹上面粉浆炸成天妇罗的，蜂斗菜也不例外。与煮食不同，做天妇罗多半是用"蕗の薹"——蜂斗菜的花蕾。因此这种菜才成为冬季"旬物"，花期是一霎即逝的。

　　有一本书叫《传说日本》，里面有这么一段文字：

　　Koropokkuru 是北海道的代表传说，阿伊努语发音为 korpok—un—kur，意思是"款冬叶－下面－居住－神"，也就是在款冬叶屋顶竖穴住居的民族，另一解释是"款冬叶下的小人族"。所谓竖穴住居，是在地面往下挖洞、铺平，再用柱子撑着屋顶的半地下室住居。小人族传说地域包括北海道、南千岛、库页岛，流传范围非常广泛，是原住民阿伊努人的民间传说。

款冬，正是蜂斗菜的别名。在另一篇文章中，我找到相似的解释：Koropokkuru 是虾夷族的小精灵，住在蜂斗菜的下面；能使用石器，动作敏捷，善于隐藏自己；性格沉稳，内心纯朴，从不恶作剧。他们和虾夷族人和睦共处，直到他们某个美丽的女孩被人类拐走后，这些小精灵们非常伤心，从此就从人类面前消失踪迹了。

这一切和《龙猫》故事里的龙猫形象何等吻合？大人们是看不见它们了，但它们偶尔会在纯真善良的小女孩眼前现身，陪她们一起玩耍，帮助她们克服内心的恐惧，直到她们长大，不再害怕孤独。但每当田野山林间有风吹过，我们知道，是龙猫——或许他们就是虾夷族的矮人精灵——从我们身边掠过。

宫崎骏曾经谈起过他为这部作品赋予的情感："澄清的小河、森林、田地，住在其中的人、鸟、兽、昆虫，夏天的闷热、大雨、突然刮起的劲风、恐怖的黑夜……这些东西全都显出日本的美态。我觉得保护这些可以让生物蓬勃生长的自然环境很重要……这个故事中出现的古怪生物龙猫，在很久以前便悠然地住在森林的深处，从未在人前露面。"

早春，蜂斗菜的花蕾从地里冒出，不妨采摘一些来，做天妇罗。

它的味道是怎么样的？哦，如果你吃过蓬蒿菜，就知道了。它们的味道是极其相似的。它们作为菊科植物，有着菊科植物标志性的清苦的气息。

附录

人间草木系列植物名录

花月令：四时赏花录

兰	蕙	瑞香	樱桃	迎春
桃	玉兰	紫荆	杏	梨
李	蔷薇	木笔	郁李	杨柳
海棠	绣球	牡丹	芍药	罂粟
木香	杜鹃	荼蘼	石榴	虞美人
萱草	合欢	蕾卜	锦葵	山丹
泡桐	莲	茉莉	凌霄	凤仙
鸡冠花	黄蜀葵	玉簪	紫薇	木槿
蓼花	菱	槐	桂	秋海棠
白蘋	金钱花	丁香	菊	芙蓉
剪秋罗	剪红纱花	剪春罗	橙	橘
山药	梧桐	苔	芦苇	荻
美人蕉	枇杷	松	柏	蜡梅
茗花	水仙	梅	山茶	

野有蔓草：《诗经》草木图志

荇菜	葛藟	桃	蒌	蕨
甘棠	白茅	唐棣	芄兰	稷
扶苏	茹藘	椒	条	鹝
苌楚	蓍	壶	果蓏	苹
常棣	薇	枸	椅	菖
茑	女萝	苕	来	牟

香草美人：《楚辞》芳草图谱

江离	申椒	菌桂	荃荪	兰
留夷	揭车	杜衡	木兰	菊
胡绳	芰荷	扶桑	艾蒿	杜若
白蘋	紫草	石兰	白芷	薛荔
辛夷	灵芝	露申	橘	茶
茅	柘	枫	荆楚	马兰
款冬	射干	鸢尾	蘘荷	蘼芜

餐芳记：一部厨中花间集

梅花	玉兰	松花	棠梨	堇菜
樱花	牡丹	金雀花	洋紫荆	紫荆
紫藤	槐花	白刺花	玫瑰	白鹃梅
玉簪	鹿药	熊葱	接骨木	栀子
荷花	木槿	金银花	薰衣草	黄花菜
南瓜花	蕉花	茉莉花	姜花	旱金莲
夜来香	洛神花	桂花	芙蓉	洋甘菊
番红花	金盏花	昙花	菊花	薄荷
罗勒	迷迭香	鼠尾草	百里香	茶花
韭花	木棉花	海菜花	蜂斗菜	

（未完待续）

图书在版编目（CIP）数据

餐芳记 / 蓝紫青灰著 . —济南：山东文艺出版社，2021.5
ISBN 978–7–5329–6330–0

Ⅰ . ①餐… Ⅱ . ①蓝… Ⅲ . ①散文集—中国—当代
Ⅳ . ① I267

中国版本图书馆 CIP 数据核字（2021）第 039993 号

餐芳记
CAN FANG JI

蓝紫青灰　　著

主管单位	山东出版传媒股份有限公司	
出版发行	山东文艺出版社	
社　　址	山东省济南市英雄山路 189 号	
邮　　编	250002	
网　　址	www.sdwypress.com	

读者服务　0531–82098776（总编室）
　　　　　　0531–82098775（市场营销部）
电子邮箱　sdwy@sdpress.com.cn

印　　刷	山东临沂新华印刷物流集团有限责任公司	
开　　本	890 毫米 × 1240 毫米　1 / 32	
印　　张	7	
字　　数	190 千	
版　　次	2021 年 5 月第 1 版	
印　　次	2021 年 5 月第 1 次印刷	
书　　号	ISBN 978–7–5329–6330–0	
定　　价	69.00 元